令人怦然心動的
看漫畫學英文片語 300

監修 大岩秀樹 日本東進升學補習班英語講師　漫畫 惠蘋果　翻譯 林劭貞

增編 陳慧伶　審訂 大衛‧莫里森 David Morrison

Let's study!
（一起學習吧！）

人 物 介 紹

伊藤瑪莉亞

日本 S 高中附屬國中部的二年級生，非常熱愛少女漫畫。由於喜歡上搬到隔壁的路易學長，因此決定努力學英語。

葉月路易

搬到瑪莉亞家隔壁的帥氣混血兒，
就讀日本 S 高中二年級。
曾經對瑪莉亞說：「如果你想和我做朋友，
請跟我說英語。」
從這點來看，個性似乎有點調皮？

凱德

瑪莉亞最喜歡的漫畫人物，長相酷似路易。

小咪

瑪莉亞的好朋友。總是與瑪莉亞互相分享生活上的大小事。

目 次

音檔使用說明

書中的所有片語和例句皆由外籍英語教師錄製音檔，你可以一邊閱讀一邊聆聽，藉此培養正確的發音和語感，並加深學習印象。

https://reurl.cc/kE3QM9

請輸入上方網址下載全書音檔，
或掃描 QR Code 即時聆聽。

本書使用方法

片語 & 例句
透過和劇情有關的例句，了解片語使用的場合和時機。此外，還可以用本書所附的紅色透明片遮住片語，藉由填空題的形式，複習或檢測學習成果。

漫畫
每個片語都搭配一頁漫畫，讓你透過有趣的劇情，輕鬆將國中小常見的 300 則片語刻畫在腦海裡。有時，路易和瑪莉亞還會親自解說較艱澀或容易混淆的字彙喔！

延伸學習
由專業英語教師所編寫，不僅扣合該頁的學習重點，更結合 108 課綱教學內容，舉一反三的學習，效果加倍！

令人怦然心動的
看漫畫學英文片語300

英文片語 1~100

為了認識路易，瑪莉亞會做出什麼改變呢？

1 a lot of ~　許多

> **I have a lot of comics.**
> ▷我有許多漫畫。

最新一集的《愛上你的日子是彩色的》實在太精采了！

哇！♡

他們倆終於互相告白了！

太好了！

要一直幸福下去喔！

咚

伊藤瑪莉亞
熱愛漫畫的國中女生

嘻嘻！♡

好甜蜜啊！♡

← 各式各樣的漫畫

- comics = comic books 漫畫書
  picture books 圖畫書
  story books 故事書

- a lot of ~ 許多（後面接可數名詞）
  = many
  原句也可以表示為：
  I have many comics.

❤ 2 ☐ be going to ~ 　將要……

I'm going to marry my favorite comic character.
▷我要嫁給我最愛的漫畫人物。

- character 角色
  cartoon character 卡通角色
  movie character 電影角色

- be going to 將要（表示說話者正要進行計畫中的事情）
  will 將要（表示說話者願意執行某件事）

3 look at ~   朝……看、注視

When I looked at the house next door, he was there.
▷當我朝隔壁的房子看時，他居然在那裡。

• look at 看（著某個定點）
  watch（專注且持續的）看
  see 看見

• He is watching TV.（他正在看電視。）
  Did you see the rainbow yesterday?
  （你昨天有看見彩虹嗎？）

STEP 1

STEP 1

♥ 4 ☐ come to ~ 來到……

He came to my house.
▷他來我家拜訪。

請多多指教。

你們好，我們是剛搬來隔壁的葉月一家，請多多指教！

這是我們的兒子路易。

・注意動詞過去式：
come – came

・原句也可以表示為：
He came to visit me. 或
He came to see me.

哇！

我的最愛居然就在眼前！

卡酷了！！

心臟

撲通

❤5 ☐ try to ~ 　試圖

I tried to talk with him.
▷我試圖和他說話。

- 注意動詞過去式：
  try – tried

- talk with 和……說話
  = talk to
  原句也可以表示為：
  I tried to talk to him.

How about ~? 如何？

How about speaking in English?
▷用英語來交談，如何？

咦？

為什麼這麼說？

微笑

If you're interested in me,
(如果你對我有興趣的話，)

- 其他語言的說法：
Japanese 日文
Korean 韓文
French 法文
German 德文

- 原句也可以表示為：
Let's talk in English, OK?

how about speaking in English?
（用英語來交談，如何？）

7 talk about ~   談論

I talked about my English skills.
▷我談到我的英語能力。

- skill 能力
  English skills 英語能力
  language skills 語言能力
  social skills 社交能力
  life skills 生活技能

- The four language skills are listening, speaking, reading, and writing. (語言的四種能力為聽、說、讀、寫。)

8 one of ~ 其中一個

You will be just one of my many girl friends.
▷你將只是我眾多女性朋友之一。

- girlfriend 女朋友
  boyfriend 男朋友
  girl friend 女性朋友
  boy friend 男性朋友

- one of ＋複數名詞
  one of my favorite colors
  我最喜歡的顏色之一

❤9 talk with ~ 和……說話

I talk with my friend about him.
▷我和我的朋友談論他。

小咪，你聽我說！

我家隔壁搬來了一個和凱德長得超像的人……

咦？難道是路易學長？

聽說他是從美國回來的，

不僅日語和英語都說得很流利，而且還長得很帥！

我也想見見他…❤

！你也知道他？

因為這是現在學校最轟動的話題啊！

他果然會說日語！

多跟我說說他的事！

這個嘛……他被分配到二年A班……

他知不知道大家都在談論他？

• talk with 和……說話
  talk about 談論

• Let's talk about comic books.
  （我們來討論漫畫書吧！）

14

🔟 every day　每天

I'm thinking about him every day.
▷我每天都在想他。

- every day 每天
  every week 每星期
  every month 每個月
  every year 每年

- I send him a postcard every summer.（每年夏天，我都會寄一張明信片給他。）

11 be interested in ~ 對……感興趣

I am interested in you!
▷我對你感興趣！（我對你有意思！）

- 人＋ be interested in ~
  事物＋ be interesting

- The movie is interesting.（這部電影很有趣。）

12 I see. 我明白了。

I see.
▷我明白了。

• 原句也可以表示為：
I get it.
Got it.（較口語）
I understand.
Understood.（常用於下屬
答覆主管時）

13 live in ~　住在……

If I marry him, I will live in the United States.
▷如果我嫁給他，我將會住在美國。

- the United States = America 美國（簡稱 the US 或 the U.S.A.）

- A : Do you know how many states there are in America?（你知道美國有幾個州嗎？）
  B : 50 states.（50 個州。）

14 think about ~ 思索

> **I think about going on a date with him.**
> ▷我思索著和他約會一事。

還是……散發成熟魅力的套裝？

可愛風格的洋裝？

啊！要穿什麼衣服去約會呢？

撲通

撲通

哇！♡

天啊！人生的第一次約會！

超級興奮

- think about ＋動詞 ing

- date 約會
  first date 第一次約會
  blind date 相親

- date 也代表「日期」。
  What's the date today？（今天是幾月幾日？）
  It's June 21.（今天是 6 月 21 日。）

19

15 how to ~ 如何……

I don't know how to study English.
▷我不知道如何學習英語。

（英語）

（英語）

幻想中

啪

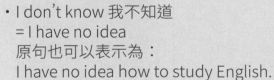

- I don't know 我不知道
  = I have no idea
  原句也可以表示為：
  I have no idea how to study English.

16 listen to ~ 聆聽

Please listen to me!
▷請聽我說！

真希望有一位英語家教。

靠我自己根本不可能學會。

可是，小咪的英語也不好。

我又不想去找嚴肅的英語老師上課……

英語老師

小咪

思

考

請路易學長教我不就好了嗎？

啊！

還可以用日語溝通！

怎麼有不好的預感？

撲通

我說的英語正確嗎？

撲通

• listen（專注）聆聽
  hear 聽到

• He didn't know whether anyone was listening.（他不知道是否有人在聽。）
  Can you hear me?（你有聽到我的聲音嗎？）

路易學長！

Please listen to me!
（請聽我說！）

↑ 用翻譯機查到的句子

❤17 Can I ~? 我可以……嗎？

Can I speak?
▷我可以說句話嗎？

English!

普力茲 巴巴 泰奇 密……*

結 結

請教我英語！

路易學長！

為了可以和路易學長約會，我想好好學習英語。

我知道這不是一個好主意，可是如果路易學長願意教我，我有信心可以把英語學好。

我說完了！

喋喋不休

Can I speak, too?
（我也可以說句話嗎？）

哈哈！感覺你差點喘不過氣。

- Can I speak? 的委婉用法為：
  May I speak?

- speak ＋語言，表示「說該國語言」。
  I can speak English and French.
  （我會說英語和法語。）

Stop
Stop
氣喘
吁吁

* 此句為 Please teach me English! 的不正確發音。

18 for example　例如

For example, how about going to school together?
▷例如，一起上學如何？

而且學好英文除了上課要認真聽講，也必須在日常生活中多接觸英語。

嗯……

我明白了……

點頭

別人英語喔！

會說英語不代表懂得怎麼教

「教學」是件超級困難的事。

如何？這麼做說不定英語會進步得更快喔！

為了鼓勵你，就對你施點小恩惠吧！

什麼？

超級激動

傷心

……

For example,
（例如，）

和我一起去上學。

家住隔壁的便利。

- for example 例如
  = for instance

- how about ＋動詞 ing，表示「提出建議」。
  How about having salad for lunch?（午餐吃沙拉如何？）

19 a lot　許多

I want to talk a lot with him.
▷我想跟他說很多話。

好啊！當然好！沒問題～沒問題！

我們一起去上學吧！

可是我只說英語喔！

態度堅定　好！沒問題！

啪

我想跟路易學長說很多話。

真的要努力學英語了！

撲通　撲通

輕拍　輕拍

那麼，就從明天開始吧？

- a lot 也有「非常」的意思。
  Thanks a lot.（非常感謝。）

- 原句也可以表示為：
  I have a lot to say to him. 或
  I have a lot of things to talk with him about.

呃⋯⋯　啪噠啪噠

20 learn about ~　　學到關於……

I learned about love from comic books.
▷我從漫畫裡學到關於戀愛的事。

現在，
來學習明天上學途中
要使用的英語吧！

開始
用功嘍！

等等！

哎呀

等等

上學途中要說些
什麼才好呢？

糟糕！

我沒有戀愛經驗，
所以根本不知道該
怎麼做。

對了！

我不是有很多「戀
愛教科書」嗎？

↑瑪莉亞的書櫃上全都是少女漫畫

認真

看漫畫

不是要讀
英語嗎？

戀愛漫畫
最讚了！♡

這一段不論看多少次，
都還是好想哭！

・learn about ~ from ~ 從……學
　到……
　I learned about ninjas from
　Japanese cartoons.（我從日本
　卡通中，學到何為忍者。）

21 in the morning 在早上

I woke up early in the morning.
▷我一大早就醒來了。

・注意動詞過去式：
wake – woke

・in the morning 在早上
　in the afternoon 在下午
　in the evening 在傍晚
　at night 在夜晚

STEP 1 22 one day 有一天

One day, I met him and fell in love.
▷有一天，我遇見他並墜入了愛河。

- one day 過去或未來的某一天
  someday 未來的某一天
- 注意動詞過去式：
  meet – met
  fall – fell

❤23 take ~ to ~ 　帶……去……

It's like taking a dog to school.
▷這就像帶一隻狗去學校。

In English, please.
（請說英語。）

驚訝

早安。
今天開始請多多指教！

愛畝黑皮。*2

三Q！*3

古摸寧。*1

……

呃，這個嘛……

噗咮

It's like taking a dog to school.
（這就像帶一隻狗去學校。）

搖尾巴

・It's like ＋動詞 ing，表示「就像……」。
It's like talking to a brick wall.
（這就像和一堵磚牆說話。）

・like 也有「喜歡」的意思。
I like taking my dog to school.
（我喜歡帶我的狗去學校。）

＊1：此句為 Good morning. 的不正確發音。
＊2：此句為 I am happy. 的不正確發音。
＊3：此句為 Thank you! 的不正確發音。

24 of course 當然

Of course.
▷當然。

呃……

呃……

呃……

怎麼辦？

雖然很想和他聊天，但是一句英語也說不出口。

焦躁

焦躁

快點想出一句適合說的英語啊！

Of course.
（當然。）

Bye.
（再見。）

啊！居然已經到學校了……

他回答我了！

那個，明天還可以一起上學嗎？

呃，結果還是說日語……

- Of course. 當然（可以），表示肯定
  = Sure.
  = No problem.
- Of course not. 當然不行，表示否定
  = Definitely no.
  = No chance.

25 at home　在家

I decided to study simple English at home.
▷我決定在家學習基礎英語。

・decide 決定（動詞）
　decision 決定（名詞）

・I decided to ~ 我決定……
　= I made the decision to ~
　原句也可以表示為：
　I made the decision to study
　simple English at home.

26 May I ~? 我可以……嗎？

May I ask you a question?
▷我可以問你一個問題嗎？

How are you?
（你好嗎？）

!

Good morning!

路易學長！

Hi!
What's up?
（嗨！過得如何？）

?

什麼？

I'm fine!
（我很好！）

呃……

May I ask you a question?
（我可以問你一個問題嗎？）

這是昨天學到的句子！

Sure.
（當然可以。）

・May I ~? 是比較客氣的用法，
　Can I ~? 的口吻則較為直接。

・question 問題
　answer 答案

太好了！
可以用英語對話了！

What time do you get up?
▷你幾點起床呢？

What time do you get up?
（你幾點起床呢？）

咦？大概七點十五分左右。

七點十五分！

啊！我對於意料之外的問題居然是用日語回答他！

知道這件事有那麼開心嗎？

沒錯！

瑪莉亞，你真是一個奇怪又有趣的女孩。

臉紅

！！！

居、居、居然……

叫我的名字！

- get up 起床
  go to bed 上床睡覺

- What time do you go to bed?
  （你幾點上床睡覺？）
  I go to bed at ten thirty. （我十點半上床睡覺。）

STEP 1

28 stay at ~ / stay in ~　待在……

I stayed in France for six months.
▷我在法國待了六個月。

啊！

今天說太多日語了。

這樣很棒啊！

In English, please.
（請說英語。）

我已經把昨天學到的句子都說完了……

啞口無言

You can speak English 和 Japanese，對嗎？

鞠躬盡瘁 →

看得出來她已經盡力了。

I stayed in France for six months.
（我在法國待了六個月。）

So, I speak a little French, too.
（所以我也會說一點法語。）

「一點法語」？是指法國菜嗎？

她是不是沒聽懂？

傻傻瓜的表情

- stay at ~ 待在（小地方或某個特定地點）
  stay at home 待在家
- stay in ~ 待在（大地方）
  stay in France 待在法國

29 have to ~　必須

You have to study English a lot more.
▷你必須再花更多時間學英語。

哇！我居然聽懂學長說的話！

開心

You have to study English a lot more.
（你必須再花更多時間學英語。）

！

輕拍

好！

我一定會更努力學英語的！

In the near future.
（在不遠的將來。）

?

不過，你什麼時候才要跟我約會呢？

你很積極嘛！

臉紅

- have to = must = need to，這三者的語氣強硬程度為：must > have to > need to。

- 但由於 must 在任何時態的字形都一樣，因此若要明確表達過去式，必須使用 had to 或 needed to。

34

STEP 1

30 don't have to ~　不必

> **You don't have to worry about it.**
> ▷你不必擔心這件事。

因為路易學長喜歡吃法國菜啊！

你剛才不是有提到嗎？

瑪莉亞的認知

一點法語＝法國菜

為什麼？

？

用餐禮儀？！

除了英語之外，我還得學習法國的用餐禮儀。

啊！

哈哈哈！

You don't have to worry about it.
（你不必擔心這件事。）

太搞笑了！

・don't have to = don't need to
兩者用來說明「不一定非做某事不可」，最終做與不做，可自行選擇。

・mustn't 不能，用來表示「絕對不能做的事」。

我剛才那句話的意思是「我會說一點法語」。

咦？

眞丟臉！

31 ☐ get up 起床

I got up earlier than him.
▷我比他更早起床。

- 注意動詞過去式：
  get – got

- earlier than 比……早
  later than 比……晚
  I got up later than him.（我比他更晚起床。）

- get up early 早起
  get up late 晚起

32 from A to B 從 A 地到 B 地

It takes twelve minutes from **home** to **school.**
▷從我家到學校需要 12 分鐘。

那個，學長的房間是哪一間呢？

咦？

你在打什麼主意？

呢……

It's a secret.
（這是祕密。）

我想看你穿睡衣的模樣！

哈哈！你還真是直接呢！

我們的感情好像變得更好了呢！而且學長還爽快的對我大笑。從我家到學校只需要 12 分鐘。

如果能再久一點就好了。

- take 和 spend 都有「花費時間」的意思，但用法不同喔！

- 要強調「某人」花費的時間時，可以說：
It takes ＋人＋時間，或
人＋ spend ＋時間

- It takes her twelve minutes to go to school.
＝ She spends twelve minutes going to school.（她花 12 分鐘去上學。）

33 be happy to ~ 樂於……

I am happy to go to school with him.
▷我很高興和他一起上學。

晚點再聯絡。

好！

瑪莉亞，你為什麼突然傻笑？

真奇怪。

……

傻笑

那，現在這個傻笑又是什麼意思？

傻笑

而且學長好帥！

你沒發現嗎？

我傻笑了嗎？

！

因為我和學長一起上學嘛！覺得太開心了所以才會傻笑。

・be happy to ~ 樂於……
= be glad to ~
原句也可以表示為：
I am glad to go to school with him.

34 look for ~ 尋找

I looked for my smartphone.
▷我尋找我的智慧型手機。

- look for ~ 尋找
  = search for ~
  原句也可以表示為：
  I searched for my smartphone.

- smartphone 也可以用 cell phone
  或 mobile phone 來代替。

❤35 How long ~? 多久？

How long should I wait to go on a date with you?
▷我要等多久才能和你約會呢？

聯絡方式
交換中

哇！

我居然和學長
交換聯絡方式
了！

叮咚
叮咚

搜尋聊天和……

好友

路易學長

小咪

阿杏

那個……

學長，
請問我要等多久，

才能和你約會呢？

- How long ~? 除了可以問「時間多久」，也可以問「長度多長」。

- How long have you been here?（你來多久了？）
  How long is the river?（這條河流有多長？）

36 after school　放學後

Let's go on a date after school.
▷我們放學後去約會吧！

啊！
不小心就把心聲講出來了！

抱歉……

我應該等等英語變得更熟練之後再問你的。

沒關係。
你確實已經很努力了。

他剛剛是說約會嗎？

咦？

別因為太期待就在課堂上分心喔！

Let's go on a date after school.
（我們放學後去約會吧！）

・after-school 放學後的（形容詞）
　after-school snack 課後點心
　after-school activity 課後活動
　after-school job 課後工作

・after 之後
　before 之前
　Don't eat snacks before lunch.
　（午餐前不要吃零食。）

37 □ a little 一點

I studied English a little bit.
▷我讀了一點英語。

- 注意動詞過去式：
study – studied

- 形容詞用法：
a little 一點（後面接不可數名詞）= a few（後面接可數名詞）

- I usually have a little milk and a few cookies for an after-school snack.（我通常會喝一點牛奶和吃一些餅乾當作課後點心。）

STEP 1

38 be able to ~ 能夠

I was able to answer a question in English class.
▷我能夠在英文課回答問題了。

I was able to answer a question in English class.
（我能夠在英文課回答問題了。）

向路易報告英語學習的進度。

啊！

終於放學了！

今天在英文課學得如何？

讚美大爆發

輕拍

很好！

那就再給你一個額外的獎勵吧！

！？

這都是託學長的福！

真的很認真學習呢！

That's good!
（真棒！）

・注意動詞過去式：
am – was

・be able to ~ 能夠
= can
原句也可以表示為：
I could answer a question in
English class.

❤ ③⑨ Can you ~?　你可以……嗎？

Can you take a picture with me?
▷你可以和我一起拍張照嗎？

獎勵？

除了約會之外，還可以得到一個獎勵？

太棒了！

她好像很興奮。

嗯！

你想好要什麼獎勵了嗎？

突然拿出手機

我希望你可以和我一起拍張照！

只要這樣就好了嗎？

沒錯，這樣我就心滿意足了！

那好吧！

真是太感謝你了！

怎麼還不拍？

天啊！

？

我們靠得好近！

就用這個相機軟體來自拍吧！

・原句也可以表示為：
Could I take a picture with you?
（語氣較委婉）

・若只想拍對方的照片，自己不入鏡，則可以說：
Could I take a picture of you?（我可以拍張你的照片嗎？）

44

40 How many ~? 幾個？

How many photos are you going to take?
▷你要拍幾張照片？

橫拍

連拍

好喜歡他的笑容。

心動

Stop!

噗哈哈！

How many photos
are you going to take?
（你要拍幾張照片？）

為什麼要連拍？

- take a photo 拍照
  = take a picture
  注意動詞用 take。

- take a selfie 自拍
  Can we take a selfie together?
  （我們可以一起自拍嗎？）

41 more than ~　超過

I went to the café more than ten times.
▷我去咖啡廳超過十次了。

那，再繼續走下去就到家了。

你還想去哪裡嗎？

我想試試去咖啡廳讀英語！

這樣書讀得進去嗎？

而且還希望是和成績好的人一起去。

畢竟我獨自去咖啡廳超過十次了。

沒問題的！我一直期待能夠在咖啡廳邊讀書邊約會。

哈哈　那麼，今天就來實現你的願望吧！

太棒了！

・注意動詞過去式：
go – went

・其他次數的說法：
once 一次
twice 兩次
three times 三次
之後依此類推。

片語解析專欄

More than 不能表示「⋯⋯以上」嗎？

瑪莉亞

學長，請問為什麼 **more than** 不能表示「⋯⋯以上」呢？

路易

因為英語 **more than three times** 代表「**超過三次**」的意思，然而中文的「**三次以上**」除了指「**超過三次**」之外，也包含「**三次**」。

瑪莉亞

原來如此！
那要怎麼**用英語表達**「三次以上」呢？

路易

「三次以上」是 **more than twice**。
因此，**more than three times** 要翻譯成「超過三次」或「四次以上」才正確喔！

瑪莉亞

天啊！還真是複雜！
我會努力記住的。

42 in the future 在未來

You don't know what will happen in the future.
▷你不知道未來會發生什麼事。

雖然今天的英文課才剛學過，但是我又忘了……

（補語是……）

嗯……

這個文法的確滿困難的。

學長，怎麼辦？我可能一輩子也沒辦法說出流利的英語。

You don't know what will happen in the future.

你又不知道未來會發生什麼事。

而且你之前也沒想到現在居然可以和我約會吧？

說的也是！

（我會繼續努力的！）

（單純）

- in the future 在未來
  in the past 在過去

- You don't know what happened in the past.（你不知道過去發生了什麼事。）

43 at school　在學校

I might be asked about him at school.

▷我在學校可能會被問起有關他的事。

咦？這不是路易嗎？

嗨！

他們是學長的朋友吧？

你居然和女生在一起！

咦？

撲通

那又如何？

真羨慕你！

唉唷！

你明天也教我英語吧！

好啦！

好尷尬……

撲通　撲通

明天上學的時候，大家都會問我這件事吧！

天啊！

怎麼辦？

・注意動詞過去式：
may – might
兩者皆能表示「未來的可能性」，
而 might 的可能性比 may 低。

・be asked 為被動式（be ＋動詞過去分詞）。

再見！

……

44 I'd like to ~. = I would like to ~.　我想要……

I'd like to take a "purikura" with you.
▷我想和你一起拍大頭貼。

- I'd like to ~. 我想要……
  = I want to ~.（語氣較直接）
  原句也可以表示為：
  I want to take a "purikura"
  with you.

- photo sticker booth 拍貼機、
  大頭貼機（成品是貼紙）
  passport photo booth 證件快
  拍機（成品不是貼紙）

※編註：purikura 為大頭貼的日語羅馬拼音。

45 some of ~ 其中

I don't like some of these.
▷我不喜歡其中一些。

- some of these 其中一些
  most of these 其中大部分
  all of these 所有這些
  any of these 任何一個
  none of these 都沒有

- 「我全部都不喜歡。」可以表示為：
  I don't like any of these. 或
  I like none of these.

46 want to ~　想要

I want to go out with you more.
▷我想和你多出去走走。

卡拉OK……

還有一起吃甜點、玩遊樂設施、逛水族館、唱

啊！

其實我也想一起看電影和逛街！

比起讀書和拍大頭貼。

不過，我覺得一起看電影或逛街，比較像是一般的約會吧！

滿足了嗎？

嗯！

謝謝學長！

開心
開心

I want to go out with you more!
（我想和你多出去走走！）

如果我有妹妹的話，大概就是這種感覺吧？

然後完成所有的願望！

感覺需要花很久的時間吧！

期待
期待

・go out 出去（也有外出約會或社交的意思）
　go outside 出去（單純指到戶外走走）

・Let's go outside and get some fresh air.（我們出去呼吸點新鮮空氣吧！）

47 ☐ want ~ to ~   希望……做……

I want him to love me someday.
▷我希望他有一天愛上我。

原來他是這樣想的。

妹妹啊……

這種相處模式的確有點像兄妹。

不行！我到底在期待什麼？

打從一開始，學長就只是答應和我出去而已！

別太貪心！

只要可以和他變親近，就算被當作妹妹也沒關係。

握拳

沒人知道未來會發生什麼事！

不過……

如果有一天他能愛上我，那該有多好……

• someday 未來的某一天
= one day
原句也可以表示為：
I want him to love me one day.

48 Thank you for ~. 謝謝你……

Thank you for going on a date with me.
▷謝謝你和我約會。

你剛才在想什麼？

突然好安靜……

沒什麼！只是胡思亂想而已。

學長，謝謝你今天放學後和我約會！

我會繼續努力學英語的！

太好了。

明天見。

撲通 撲通 撲通

這種舉動也太溫柔了吧！

心動

瑪莉亞，我也要謝謝你。

- Thank you for ＋動詞 ing
Thank you for coming.（感謝您的光臨。）

- date 約會，可作為名詞或動詞。
名詞用法：參見第 19 頁
動詞用法：表示「和某人約會、交往」
Are you dating anyone?（你有跟誰在交往嗎？）

49 decide to ~ 決定

I decided to be a charming girl.
▷我決定成為一個迷人的女生。

他說我像妹妹，是不是覺得我像個小孩。

不過，我也聽過好幾次他說我像小狗。

汪

可是該怎麼做才好呢？

之後再慢慢摸索吧……♡

- decide to ~ 決定要
= make up one's mind
原句也可以表示為：
I made up my mind to be a
charming girl.

- charming = attractive =
appealing，這三個字都是形容
一個人「有魅力」的意思。

好！

起身——

除了努力學英語，我也要把自己變成一個迷人的女生！

50 Will you ~? 你可以……嗎？

Will you open the curtains?
▷你可以打開窗簾嗎？

Will you open the curtains?
（你可以打開窗簾嗎？）

咦？
是路易學長！

叮咚

新訊息

路易學長

窗簾？

打開？

?

啊

?

撲通

撲通

學長好狡猾……

居然被他看見
我穿睡衣的樣
子了！

我對面這間！

學長的房間果然是

真是丟臉！

揮手
揮手

唰

！！

- Will you = Would you = Can you = Could you，皆表示「請求他人做某事」。

- 若同意對方的要求，可以回答 Of course.、Sure. 或 No problem.。

- 若是不同意，可以回答 I can't.，並稍加說明原因，以表禮貌。

56

51 come back to ~　回到……

He came back to Japan four years ago.
▷他四年前回到日本。

你說的是以前美國的家嗎？

不是。

以前住的地方，家家戶戶都離得很遠。所以我覺得現在這樣很新鮮。

我那時的樣子一定像個傻瓜吧？

可是我想變成迷人的女生啊！

哈哈哈 我想看你被突襲的反應。

學長的房間果然就在我對面嘛！

我指的是四年前剛搬回日本的時候。

我那時還只是一個國中生呢！

為什麼？

學校有制服嗎？

哇！我想看學長國中的樣子！

當然有啊……

- ago 以前（前面需加表一段時間的詞語）
  Three years ago, I met the love of my life.（三年前，我認識了我一生的摯愛。）

- before 以前（可單獨使用，不加表示時間的詞語）
  I had never heard of this celebrity before.（我以前從沒聽說過這位明星。）

57

52 talk to ~   和……說話

I want to talk to him more.
▷我想跟他多說說話。

原來他國中的時候就已經住在日本了啊！

我真的對學長的事情一無所知……

雖然那麼喜歡他。

我想跟學長多說說話。

說說話。

小聲說

討厭！

In English…

In English喔！

只要是瑪莉亞都可以。

咦？

撲通

沒問題。無論是用通訊軟體聊天，

還是面對面說話，

- more 多一些
less 少一些
副詞用法：You need to talk less and do more!（你需要多做少說！）
形容詞用法：You need more rest and less work.（你需要少做多休息。）

53 All right. 好。

All right.
▷好。

沒問題!

All right! I can do it!
(好!我能做到!)

好。

我會用盡一各種方法的!

「只要是瑪莉亞都可以。」

撲通

撲通

這句話……究竟是什麼意思呢?

咦?

不過,你還真是努力。

每次只要我一說英語,大部分的人就沒辦法跟我聊下去了,沒想到我們可以交談到現在。

・all right 可作為形容詞或副詞。
形容詞用法:Is everything all right?(一切都順利嗎?)
副詞用法:I think she is doing all right.(我認為她做得滿好的。)

我是不是表現得太積極了?

這樣會不會很像小孩子啊?

54 last year　去年

Last year, he didn't talk with any girls at school.
▷去年，他在學校沒有和任何女孩說話。

那麼，是因為學長之前讀的學校裡沒有女生嗎？

咦？

嗯？

大家都覺得跟我說話很麻煩，因為要用英語回答。

不敢開口說英語的人真的很多呢！

而且去年，我在學校沒有和任何女生說過話。

順道一提

喃喃自語

豎起耳朵

所以我是第一個主動和學長說話的女生嘍？

幸好初次見面那天有鼓起勇氣和他搭話。

撲通

撲通

It's a secret.
（這是祕密。）

呃……

Please ask me in English.
（請用英語問我。）

- last year 去年
  last month 上個月
  last Sunday 上個星期日
  last time 上一次

- last 也有「最後」的意思。
  The last person leaving the classroom should turn off the lights.（最後離開教室的人要關燈。）

55 ♥ each other 彼此

We looked each other in the eyes.
▷我們看著彼此的眼睛。

唉唷!心情一直因為學長所說的話起起伏伏。

對了。

啊!

都怪我那上次在咖啡廳遇到的兩個朋友。

在談論我們的事嗎?

學校裡的同學們不是都

不知道學長是怎麼跟大家說的。鄰居?朋友?

祕密。

還是學長和學妹的關係?

我是這麼回答大家的。

咦~?

- look someone in the eye 除了有「注視某人」的意思,也可表示「坦誠的與他人交流」。
He wanted to look his parents in the eye and told them he made a mistake.(他想坦誠的和他的父母說,他犯了一個錯誤。)

- the apple of somebody's eye 某人的心肝寶貝、掌上明珠

56 need to ~　需要

We need to know each other better.
▷我們需要更加了解彼此。

「祕密」？

那是什麼意思？

請問……學長為什麼要那樣回答呢？

因為我想等充分了解彼此之後，

再向其他人確立我們的關係。

這麼說……

我可以期待我們的未來嘍？

- good 好（原形）
  better 更好（比較級）
  best 最好（最高級）

- My English is good, but Jim's is better than mine, and Tom's is the best.（我的英語很好，但是吉姆比我好，湯姆則是我們之中最好的。）

57 as ~ as ~　和⋯⋯一樣⋯⋯

She has as many comic books as I have.
▷她擁有和我一樣多的漫畫書。

瑪莉亞，我有話跟你說！

什麼事？

你知道大家現在都在討論你和路易學長的事嗎？

天啊！

其實，我現在每天都和路易學長一起上學。

什麼？

因為我們兩家就住在隔壁而已啦！

不過，

我好像喜歡上路易學長了。

原來這就是你最近很反常的原因啊！

抱歉，這麼晚才告訴你。

謝謝！♡

《戀之花》最近真的很紅呢！

太好了，我本來還很擔心你呢！來，這給你。

你不是說想看這部漫畫嗎？

* as many as ＋可數名詞
  as much as ＋不可數名詞
  She has as much money as I have.
  （她和我有一樣多的錢。）

* as ~ as ~ 的中間可以加入形容詞。
  as busy as a bee 忙碌如蜂
  as hungry as a horse 飢餓如馬
  as quiet as a mouse 安靜如鼠

58 a few ~　一些

I can read sixty comic books in a few days.

▷我可以在幾天內閱讀 60 本漫畫書。

那麼，你現在應該沒什麼時間看漫畫吧？

不過，你還是把漫畫帶回家吧！

畢竟我都提來了。

什麼時候還我都可以。

小咪，你最棒了！

感動

幾天後

瑪莉亞？

果然是瑪莉亞。

就算忙著談戀愛，對漫畫的熱情依舊不減啊！

佩服！

嘟

小咪，謝謝你借我漫畫。我已經全部看完了，明天帶去學校還你。

咦？六十本都看完了嗎？

對啊！因為故事很有趣，就一口氣看完了。

- in a few days 在幾天之內
  in a few hours 在幾小時之內
  in a few minutes 在幾分鐘之內

- I can finish my work in a few minutes.（我可以在幾分鐘之內完成我的工作。）

59 take care of ~　照顧

I have to take care of my dog.
▷我必須照顧我的狗。

路易同學！

那個，今天放學後……

要不要跟我們一起去玩呢？

……

Sorry.

I have to take care of my dog.
（抱歉。我必須照顧我的狗。）

- take care of 也可以用在與人道別時，有「保重」的意思。若想表達得更周到，可以說：Take good care of yourself.（好好照顧自己。）

- take care 也可單獨使用。
A: Good bye.（再見。）
B: Take care.（保重。）

60 for a long time 很久

He has not read comic books for a long time.
▷他已經很久沒有看漫畫書了。

這是漫畫?

對。

你要回家了嗎?

路易學長!

瑪莉亞!

!

興奮

可以嗎?

那麼,如果你想看的話,就借給你吧!

當然可以!

沒錯!

這是現在最火紅的漫畫喔!

朋友借給我的。

話說,我好像從小學之後就再也沒看過漫畫了。

什麼?

- for a long time 用於完成式。
  We haven't seen each other for a long time.(我們彼此很久沒見面了。)

- 注意動詞三態:
  read – read – read
  雖然三者的字形一樣,但發音不同喔!

61 out of ~　在……之外

I may see him when I go out of my house.
▷當我走出家門時，可能就會遇見他。

- go out of ~ 走出（後面要加地點）
  go out 出去（後面不加地點）

- Are you going out now?（你現在要出門嗎？）

62 go to school　上學

I want to go to school right now.
▷我想現在去上學。

STEP 1

終於做完習題了！

雖然交換了聯絡方式，

但我還是不敢主動聯繫他……

雖然可以用請教英語當藉口開啟話題，但是每當要傳訊息的時候，就會變得很緊張。

搜尋聊天和訊息

好友

路易學長

小咪

阿杏

學長現在在做什麼呢？

為什麼星期一還不趕快來！

- right now = now，前者的語氣聽起來比較強烈。
  Do it right now!（立刻行動！）

- go to school 去上學
  go home 回家
  這兩個片語都不用加 the，必須特別留意。

STEP 1 — 63 come from ~ 來自……

She comes from Hawaii.
▷她來自夏威夷。

- come from ~ 來自……
= be 動詞＋ from
原句也可以表示為：
She's from Hawaii.

- 詢問別人從哪裡來，可以說：
Where are you from? 或
Where do you come from?

64 in front of ~ 在……面前

They were chatting in front of me.
▷他們在我面前聊天。

看吧！果然還是會跟女生說話嘛！

在之前的學校只是因為沒有英語流利的女生可以對話而已……

……

兩個人的英語都說得好流暢。

我完全聽不懂他們在說什麼。

我們之間好像有一道隱形的牆壁。

完全沒辦法像往常一樣跟學長說話。

- chat 聊天（加 ing 時，必須重複字尾 t）

- in front of ~ 在……前面
  behind 在……後面
  They talked about my new hair style behind my back.（他們在我背後談論我的新髮型。）

STEP 1 ·· **65** □ **what to ~　該（做）什麼**

I didn't know what to say.
▷我不知道該說什麼。

橋本學姐和路易學長走在一起的時候，總是很自然的往學長身邊靠過去。

雖然我努力的想把英語學好，但這樣做究竟有沒有意義呢？

你怎麼了？今天特別安靜。

……

呃……

因為不知道該說什麼啊……

我沒事，別擔心。

結果還是什麼都說不出口……

- 當你覺得無言以對時，還可以說：
  What could I say? 或
  What could I have said?

- I didn't know what to ~ 可接各種動詞。
  I didn't know what to buy.（我不知道要買什麼。）

71

💙 66 many kinds of ~　許多種

STEP 1

I realized that there were many kinds of love.
▷我了解到愛有許多種。

別擔心！

你想想看，路易學長居然願意和英語不好的你說話耶！

在我看來，你在路易學長的眼中比橋本學姐更特別喔！

……你確定嗎？

難以置信

是這樣嗎？

沒錯。

你真的這麼想？

真的啦！

不過幾個月前，你還整天把凱德掛在嘴邊。

現在居然變成戀愛中的少女了。♡

感嘆

我還是會繼續喜歡凱德啦！

只是我認識路易學長後，

才了解到原來愛分成許多種。

臉紅

・realized 為 realize 的過去式，這裡可以用下列單字或片語來代替：
understand – understood
learn – learned
find out – found out

67 Shall we ~? 我們要不要（做某事）？

Shall we go to the summer festival together?
▷我們要不要一起去夏日祭典？

對了，馬上就要期末考了。

沒問題！
我以前模擬考都只拿20分，這次考了40分喔！

你的英語考試沒問題吧？

信心滿滿

40分

如果你達成目標……

咦？

英語考試的目標設定為70分吧！

嘿嘿！

今天課堂上教的是 Shall we ~? 的句型。我已經完全記住了喔！

好像有一部電影名稱和這個句型很類似？

洋洋得意

・shall 的其他用法：
說明決心：I shall never forget you.（我永遠不會忘記你。）
徵求意見：Shall I leave now?（我現在要離開嗎？）

・但是由於 shall 在美式英語的表達顯得較正式，因此大多數人會用其他字來代替。
I will never forget you.
Should I leave now?

Shall we go to the summer festival together?
（我們要不要一起去夏日祭典？）

！？

73

68 go to bed　上床睡覺

What time did you go to bed last night?
▷你昨晚幾點上床睡覺？

超級認真

喵嗚

夏日祭

沙沙

沙沙

只要在期末考拿到 70 分，
就可以和路易學長一起去夏日祭典！

鬥志激昂

絕對、絕對、

要用功！

呃，大概清晨五點吧……

還好嗎？我沒事。

你昨晚幾點上床睡覺？

學長，早安……

你的黑眼圈怎麼那麼重？

搖搖

晃晃

- What time 只能問「幾點鐘」
  What time do you have English class this morning?（你今天早上幾點有英語課？）

- When 可以問「日期、月分、年分或幾點鐘」
  When was he born?（他什麼時候出生？）

69 get to ~ 抵達

I will get to the library soon.
▷我很快就會抵達圖書館。

因為我待在家裡沒辦法專心。

小咪，這個星期日能不能陪我去圖書館準備考試？

瑪莉亞怎麼還沒來？

她很少遲到的！

市立圖書

瑪莉亞！

抱……歉，我……遲到了……

沒關係。不過，你還好吧？

你怎麼了？

小咪，對不起，我睡過頭了！

我快到圖書館了！

知道了。

- get to ＋地點，表示「抵達目的地」。
  get home 到家（不加 to）

- library 圖書館
  bookstore 書店
  study room 自修室

70 go back to ~　回去

He may go back to the United States someday.
▷他有一天可能會回去美國。

認真讀書

那個，"come back to" 和 "go back to" 不都是「返回」的意思嗎？

好難喔！

到底有什麼差別？

讓我來為你說明！

舉例來說，

Rui came back to Japan.
（路易回來日本。）

代表他回到本國。

Rui may go back to the United States someday.
（路易有一天可能會回去美國。）

則是他回去曾經待過的地方。

使用時機會因為該對象當下所處的位置不同而改變！

・go back 回去（說話當下人不在該地）
Please go back to your seat.（請回到你的座位。）

・come back 回來（說話當下人在該地）
I need to leave now, but I will come back in ten minutes.（我現在需要離開，但我會在 10 分鐘後回來。）

只要弄清楚這兩個片語的差別，就沒問題了。

嗯！

瑪莉亞，你太了不起了！居然爲了談戀愛那麼努力學英語！

76

71 Why don't you ~? 你為何不⋯⋯呢？

Why don't you take a break?
▷你為何不休息一下呢？

午休時間

你怎麼一個人待在這裡？

我想再多用功一下。

學長！

Why don't you take a break?
（你為何不休息一下呢？）

坐下

拉近

咦？

- Why don't you ~? 和 Why not ~? 皆為「表示提議」的用法，且後面都直接加原形動詞。

- Why not go for a walk or ride your bike?（為何不去散散步或騎腳踏車呢？）

72 around the world　全世界

The singer is popular around the world.
▷這位歌手在全世界都大受歡迎。

天啊！

這是西洋音樂嗎？

對。這位歌手在全世界都大受歡迎，你不知道嗎？

？

←完全沒聽過那位歌手。

- around the world 全世界
  = all over the world
  原句也可以表示為：
  The singer is popular all over the world.

- popular 也有「流行」的意思。
  popular music 流行音樂

原來學長喜歡聽這種音樂。

73 be glad to ~ 很高興

I am glad to hear that.
▷我很高興聽到這個消息。

休息夠了嗎？

彈起

抱歉！

我居然睡著了！

嗯？

嚙嚙嚙

好、好的！

撲通

不過，下次別再熬夜了。

會弄出黑眼圈的。

嗯！

不論是身體還是心靈，都變得兀氣飽滿喔！

嗯！

I'm glad to hear that.
（我很高興聽到這個消息。）

心也充飽電了呀？

- glad = happy，因此這句話通常用在聽見好消息時的回應。

- 假如聽到壞消息，則可以說：
  I'm sorry to hear that.（我很遺憾聽到這個消息。）

74 worry about ~　擔心

STEP 1

Don't worry about it.
▷別擔心。

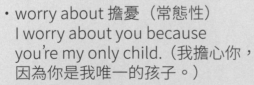

- worry about 擔憂（常態性）
  I worry about you because you're my only child.（我擔心你，因為你是我唯一的孩子。）

- be worried about 擔憂（針對特殊情況）
  He looks sick. I'm so worried about him.（他看起來生病了。我真擔心他。）

80

75 part of ~　　部分

I couldn't answer the last part of the test.
▷我答不出考試的最後一部分。

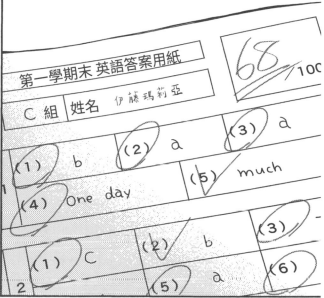

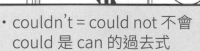

嗚嗚……
最後一大題的閱讀測驗真的好難啊……

不，不會吧？
居然沒達到目標？

就只差2分

68分。

怎麼辦？

・couldn't = could not 不會
　could 是 can 的過去式

・test 考試（廣義，也有檢驗、測試的意思）
　exam 正式考試（由政府或機構所舉辦的大型集體測驗）
　quiz 小考（針對一小段教學範圍的考試）
　pop quiz 隨堂小考（沒有事先通知的臨時測驗）

I want to go home right now.
▷我現在想回家。

- right now 除了表示「馬上做某事」，也可以用來說明「某人事物當下的狀態」。

- Can you leave the classroom right now?（你可以馬上離開教室嗎？）
  I am very busy right now.（我現在很忙。）

77 all of ~ 所有的

All of my friends cheered me up.
▷我所有的朋友都為我加油打氣。

- cheer up 有「鼓舞、使振奮」的意思。
  Cheer up! It's not that bad!（振作起來！事情並沒有那麼糟！）
  He went jogging to cheer himself up.（他去慢跑讓自己振作起來。）

💛78 Could you ~?　可以請你……嗎？

Could you tell me the way to the train station?
▷可以請你告訴我去火車站的路嗎？

- train station 火車站
  bus station 公車站（通常表示總站）
  bus stop 公車站（通常指沿途的各個小站）
  MRT / subway station 捷運站
  airport 機場
  harbor 港口

 79 be born　出生

He was born in July.
▷他在七月出生。

很厲害嘛！居然用英語為別人指路。

瑪莉亞！

呃……

路易學長！

那麼，我幫你另外加2分，作為你認真讀書的獎勵吧！

咦？

可是，我只考68分……

夏日祭典那天，其實是我的生日。

所以我只想和瑪莉亞一起度過。

- 注意動詞三態：
  bear – bore – born

- 月分前面用 in（in July）
  日期前面用 on（on July 4）
  年分前面用 in（in 1999）

- When were you born?（你何時出生？）
  I was born on July 4, 1999.
  （我在 1999 年 7 月 4 日出生。）

85

80 at night　在夜晚

I chatted with my friend until late at night.
▷我跟朋友聊到深夜。

- 注意動詞過去式：
chat – chatted

- chat with 與某人聊天
I like to chat with him. （我喜歡和他聊天。）

- until 直到
You'll have to wait until your next birthday for a new bike. （你必須等到下次生日才有新腳踏車了。）

81 □ on TV　在電視上

I saw this pancake restaurant on TV.
▷我在電視上看過這家鬆餅店。

有買到喜歡的浴衣真是太好了。

對呀！謝謝你陪我一起逛街。

就是這裡！

我一直很想來這家鬆餅店！

我在電視上看過這家店！

不過，怎麼沒有人在排隊？

難道它今天公休嗎？

哇！真方便！

當然，我已經預定好了。

這裡是採線上預約制。

所以不用花時間站在外面排隊。

・注意動詞過去式：
see – saw

・on TV 在電視（節目）上
on the TV 在電視（機）上
There's a cockroach on the TV!
（電視機上有一隻蟑螂！）

82 ♥have a good time　度過愉快的時光

We had a good time there.
▷我們在那裡度過了愉快的時光。

· 注意動詞過去式：
have – had

· have a good time 度過愉快的時光
= have fun
原句也可以表示為：
We had fun there.

❽❸ How much ~? 多少錢？

How much **is this?**

▷這個多少錢？

RELOX ♔

經典腕錶

¥ 1,842,500

什麼？

太貴了吧！

・How many ＋可數名詞
　How much ＋不可數名詞

・注意，expensive 和 cheap 只能用來形容「物品」，說明「價格高低」則是用 high 或 low。
　The bike is too expensive.
　= The price of the bike is too high.（這輛腳踏車太貴了。）

※編註：1,842,500 日圓約為 497,475 臺幣。

84 give up 放棄

I gave up buying a watch for him.
▷我放棄買手錶給他了。

老實說，送手錶給學長完全是我自己一廂情願……

送那麼貴重的東西給他，會不會讓他感到有壓力？

呃……

驚！

說不定他根本不喜歡戴手錶……而且我也買不起……

失落

可是，再過幾天就是學長的生日了……

……

究竟要送什麼禮物才好呢？

毫無頭緒啊！

放棄買手錶給他好了……

嘆氣

- 注意動詞過去式：
  give – gave

- give up ＋動詞 ing

- give somebody a heads up 事先提醒某人
  I will give you a heads up when the teacher is coming.（老師來的時候，我會事先提醒你。）

90

85 wait for ~　等待

I was waiting for his message.
▷我正在等他的訊息。

瑪莉亞，

你為什麼毛毛躁躁的呢？

走來　走去

來回踱步

焦躁　不安

哇哇哇哇哇

撲通
撲通
撲通
撲通

沒、沒什麼啦！

叮咚

- wait ＋時間，可加或不加 for
  I waited / waited for forty minutes for the bus.（我等了 40 分鐘的公車。）

- wait ＋人事物，必須加 for
  Wait for me!（等等我！）

!!

路易學長

驚慌

明天 17：30，
家門口見。

86 the next day 隔天

The next day, I went to the summer festival.
▷隔天，我去了夏日祭典。

小咪

隔天

時間快到了，
我的心跳得好快！

你一回到家，
要立刻打電話給我喔！

加 油

媽，我出門嘍！

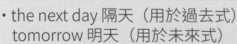

- the next day 隔天（用於過去式）
  tomorrow 明天（用於未來式）

- Sam is going to the bookstore tomorrow.（山姆明天要去書店。）

撲通

撲通

撲通

87 all over ~ 到處

The yukata is popular all over Japan.
▷浴衣在日本各地都很受歡迎。

怎麼了？

你穿浴衣真好看。

撲通

……

學長！

早安！

啊！

應該是晚安才對……

一直以來只說過早安……

撲通

町

撲通

他是在稱讚我，還是浴衣？

害羞

撲通

我終於知道爲什麼浴衣在日本各地都很受歡迎了。

• popular 受歡迎的（表示非常知名，而且廣受大家喜愛）

• famous 有名的（表示眾所皆知，但不一定每個人都喜歡）He's a very famous singer, but I still don't like him.（他是一位非常有名的歌手，但我仍然不喜歡他。）

※編註：yukata 為浴衣的日語羅馬拼音。

88 a member of ~　……的一員

I'm a member of the strawberry fan club.
▷我是草莓粉絲團的一員。

啊！是糖葫蘆！

好神奇的東西。

草莓糖葫蘆

咔滋

這個是來自栃木縣的草莓。

你還知道草莓的品種？

真好吃。

舔嘴唇

！！

・fan 也有「風扇、搧風」的意思。

・I want to buy a fan right now.
（我現在就想買一臺風扇。）
He fanned his face with a sheet of paper.（他用一張紙搧臉。）

沒錯！

我可是草莓粉絲團的一員喔！

←朋友之間成立的社團

栃木縣的草莓吃起來酸酸甜甜，很適合做成糖葫蘆……

咔滋

89 I think that ~. 我認為……

I think that he is cool.
▷我認為他很酷。

來。

咦？

咦？

人潮變多了吧！

……

為了避免走散，

我們牽手吧！

他的行為也太酷了吧！

・形容別人的其他說法：
cute 可愛的
pretty 漂亮的
handsome 帥氣的
strong 強壯的
smart 聰明的
brave 勇敢的

❤ 90 It is ~ to ~. （做某事）是……的。

It is hard to walk fast in a yukata.
▷穿著浴衣快步走是很困難的。

- it 虛主詞之後除了加「to 動詞」，也可以加「that 句子」。
  原句也可以表示為：
  It is important that you walk carefully in a yukata.

- in ＋服飾，表示「穿著某種服裝」
  in a yukata 穿著浴衣
  in a dress 穿著洋裝

91 **work at ~** 在（某處）工作

His friend works at a stall.
▷他的朋友在攤位工作。

在他朋友面前，我們也要牽著手嗎？

我朋友在射飛鏢遊戲的攤位打工，我們去看一下好嗎？

好。

他的朋友是外國人？

Hi Jim!

Hi Rui!

- work in 在某個領域或地區工作
  My father is working in Korea.（我父親在韓國工作。）
- work for 為某人或公司效力
  He has been working for his company since 2001.（他自 2001 年即為這間公司效力。）

❤92 I'd like ~. 我想要……

I'd like some bullets.
▷我想要一些子彈。

I'd like some bullets…
（我想要一些子彈……）

Would you try?
（你要試試嗎？）

這個嘛……

我有說錯嗎？

選購物品的時候應該是用這個句型吧？

哈哈哈！

為什麼口氣聽起來像黑道老大呢？

真是太好笑了！

其實，你可以跟我說日語喔！

什麼？

我的日語很流利。

讚

好丟臉……

- some 一些（用於肯定句）
  I need some pencils.（我需要一些鉛筆。）

- any 任何（用於否定句和疑問句）
  I don't need any pencils.（我不需要任何鉛筆。）
  Do you have any pencils?（你有鉛筆嗎？）

STEP 1 ♥ 93 ☐ I hope that ~. 我希望……

I hope that you like it.
▷我希望你喜歡它。

- hope 希望（事情有可能發生）
  I hope that I can eat that pizza.
  （我希望我可以吃那片披薩。）

- wish 希望（事情不可能發生）
  I wish that I were that pizza.
  （我希望我是那片披薩。）

94 You're welcome. 不客氣。

You're welcome.
▷不客氣。

這是學長送我的第一個禮物！

感動

我很喜歡這個娃娃！

我一定會好好珍惜的！

謝謝路易學長！

You're welcome.
（不客氣。）

開心開心

真的長得好像啊！

摸摸頭

- 「不客氣」的其他說法：
  Anytime.（隨時效勞。）
  No problem.（不客氣。）
  No worries.（不客氣。）
  My pleasure.（我的榮幸。）
  Don't mention it.（別在意。）
  It was nothing.（這沒什麼。）

95 this morning　今天早上

I made cupcakes this morning.
▷我今天早上做了杯子蛋糕。

那個，其實我也準備了禮物……

生日快樂！這是我的一點心意。

這是杯子蛋糕嗎？

對。不是什麼貴重的禮物啦！

這是你特地親手為我做的吧？

我很喜歡喔！謝謝你。

不知道他會不會覺得送這種東西很寒酸？

• 注意動詞過去式：
make – made

• this morning 今天早上
this afternoon 今天下午
this evening 今天傍晚
tonight 今天晚上
注意，必須依說話者當下的情況來
判斷該用什麼時態。

❤ 96 I hear that ~. 我聽說……

I hear that giving cupcakes has a special meaning.
▷我聽說送杯子蛋糕具有特別的意義。

對了，你知道嗎？

?

送人杯子蛋糕，代表你在向對方表達「你是一個特別的人」喔！

而且通常是在情人節送的。

！！

驚

慌慌張張

呃，那是……我……

雖然瑪莉亞不知道這件事，但確實符合她的心意。

- hear that 和 see that 經常被用來引導新資訊，前者表示「聽說」，後者則是「知道」。

- I see that Emma is going to have a baby this July. （我知道艾瑪的孩子在今年七月就要出生了。）

97 be good at ~ 擅長

I am good at drawing pictures.
▷我擅長畫圖。

・be good at ＋動詞 ing

・表示「不擅長」的說法：
　be not good at
　be bad at
　be terrible at

・I'm not good at drawing pictures.（我不擅長畫圖。）

98 go out 　出去

We went out of the festival site.
▷我們走出了祭典會場。

- go out 出去
  = walk out
  = leave
  原句也可以表示為：
  We walked out of the festival site.
  或 We left the festival site.

- Get out! 表示「不客氣的請人離開」

99 arrive at ~ / arrive in ~ 抵達

We arrived at the park.
▷我們抵達公園。

可是，現在這裡只有我們兩個人吔！

是……

這裡的煙火會稍微被樹擋住。

所以人潮比較少。不錯吧？

我朋友告訴我的。

- arrive at 抵達（小地方或某個特定的地點）
  arrive at school 抵達學校
- arrive in 抵達（大地方）
  arrive in Los Angeles 抵達洛杉磯

接下來會發生什麼事呢？好緊張啊！

Thanks to you, every day is fun.
▷多虧有你，每一天都很有趣。

瑪莉亞，

我喜歡你。

多虧有你，我每天都過得很快樂。

瑪莉亞。

什麼？

撲通撲通

瑪莉亞。

咻砰

你願意和我交往嗎？

- thanks to ~ 幸虧、因為（除了表示感謝，也能用來抱怨對方）
  Thanks to you, we almost lost the game!（因為你，我們差點輸了這場比賽！）

- thanks for ~ 感謝
  Thanks for your help.（感謝你的幫忙。）

令人怦然心動的
看漫畫學英文片語300

STEP 2

英文片語 101~200

爲了達成更大的夢想，瑪莉亞會付出什麼努力呢？

碰 頭

❤101 begin to ~ / begin ~ing　開始（做某事）

Just then, fireworks began to be set off.
▷就在那時，煙火開始燃放。

- 注意動詞過去式：
  begin – began

- begin 開始
  = start
  原句也可以表示為：
  Just then, fireworks started to be set off.

- fireworks 煙火
  firecrackers 鞭炮
  兩者的動詞皆用 set off。

♥ be surprised to ~　　對……感到驚訝

102

I was surprised to hear what he said.
▷我很驚訝聽到他說的話。

呃……

那個，

沒錯。

我喜歡你。

你剛才

是說「喜歡我」嗎？

剛才夾雜著
煙火的聲音。

我沒聽錯吧？

等……
等一下！

慌張

- 人＋ be surprised to ~
  事物＋ be surprising

- The answer to the question
  is surprising.（這個問題的答
  案令人驚訝。）

不……

不會吧！

109

103 Here you are. / Here it is. 給你。

Here you are.
▷給你。

- Here you are. 給你。（正式）
  Here you go. 給你。（口語）
  兩者用於當面遞東西給別人。

- Here it is. 給你。（僅能用在代表問句中所提到的事物時）
  A: Where is my pen?（我的筆在哪裡？）
  B: Here it is.（給你。）

104 enjoy ~ing　享受（做某事）

We enjoyed watching the fireworks.
▷我們享受看煙火。

對啊！

這……不是夢吧？

煙火很漂亮吧？

你好一點了嗎？

嗯……

腦袋一片空白，完全無法思考……

我居然真的和學長在一起了！

・enjoy ＋動詞 ing

・enjoy 享受
 = like / love
 原句也可以表示為：
 We liked / loved watching the fireworks.

105 as soon as ~ 立刻

I called my friend as soon as I got home.
▷我一到家就立刻打電話給我的朋友。

我回來了。

瑪莉亞，你回來……咦？

那孩子已經進去房間了嗎？

撲通
撲通

什麼？

我和學長交往了。

小咪
撥號中

♪♪♪♪

音訊

瑪莉亞！夏日祭典好玩嗎？

小咪，我……

- as soon as ~ 之後是接「較早發生的那件事」。

- as soon as ~ 也可以放在句首：
  As soon as I got home, I called my friend.

106 at that time　當時

I was watching fireworks with him at that time.
▷我當時正在和他一起看煙火。

不會吧！

感覺一切都好不真實……

不過其實，我剛才因為太好奇了，所以忍不住傳了訊息給你，希望沒有打擾到你們！

咦？我沒注意到吔！

真的有一封未讀訊息。

叮咚

噗！

沒關係，我能理解！

小咪，我不會見色忘友的！

你永遠是我最好的朋友！

我知道啦！

- at that time 當時
  = at the time
  = at that point
  = at that moment
  = then

那時候，我正在和學長一起看煙火。

可能因為太專心了，完全沒發現你的訊息。

107 by the way　順帶一提

By the way, have you finished your homework yet?

▷順帶一提，你的作業完成了嗎？

STEP 2

・by the way 在書寫時，常以縮寫 btw 來代替。

・yet 仍然（用於疑問句或否定句）
already 已經（用於肯定句）
I haven't met my new neighbors yet.（我仍然沒見過新鄰居。）
I've already finished my work.
（我已經完成工作了。）

108 do my homework　寫作業

I have to do my homework.
▷我必須寫作業。

那麼，我等一下就立刻去寫作業。

好，明天再告訴我祭典發生的細節。

沒問題。明天見

脫下

好！

為了能無憂無慮的和學長約會，還是早點完成作業吧！

渾身充滿幹勁！

熱血沸騰

- 雖然中文說「寫」功課，但英文必須用 do，而非 write。

- 用 do 開頭來表達「做某事」的片語還有：
  do the housework 做家事
  do the dishes 洗碗
  do the laundry 洗衣服

109 go ~ing　去（做某事）

I'll go shopping tomorrow.
▷我明天要去購物。

路易學長

我們什麼時候要來場正式的約會呢？

等你準備好，再告訴我日期和時間。

學長主動提出邀約了！

!!!

太好了！

要做什麼好呢？逛水族館？看電影？吃鬆餅？

興奮

興奮

還是要去遊樂園玩呢？

我想坐旋轉木馬！

不過，還是先去買約會要穿的衣服吧！

- tomorrow 明天
  the day after tomorrow 後天
  the day before yesterday 前天

- go ＋動詞 ing，表示「去做某事」。
  go shopping 去購物
  go hiking 去健行
  go swimming 去游泳
  go fishing 去釣魚

116

♥110 many times　許多次

I read his message many times.
▷他的訊息我讀了很多次。

我們什麼時候要來場正式的約會呢？

等你準備好，再告訴我日期和時間。

- message 除了表示「訊息」，還有「寓意」的意思。
  I like the movie's message.
  （我喜歡這部電影的寓意。）

- get the message 明白、領悟
  I think he got the message.
  （我想他明白了。）

心動♡

不論讀多少次，都還是覺得像在做夢！

我們真的是情侶了！

111 Would you like ~? 你想要……嗎？

Would you like this pink dress?

▷你想要這件粉紅色洋裝嗎？

歡迎光臨！

請問需要為您服務嗎？

啊……

我覺得這件洋裝很可愛，可是我穿了感覺會顯得很孩子氣。

這樣的話，您要試試看這件粉紅色洋裝嗎？

雖然款式相同，但顏色比較深。

只要搭配優雅的飾品，就能夠散發成熟的魅力喔！

我試穿看看！

好的，試衣間在這裡。

- would like 想要（態度較客氣）
  = want
  原句也可以表示為：
  Do you want this pink dress?

- 其他特殊顏色的說法：
  indigo 靛色
  light green 淡綠色
  dark blue 深藍色

118

112 finish ~ing 完成（做某事）

I finished writing a book report.
▷我寫完閱讀心得了。

路易學長

我對正式約會毫無頭緒也……還是交給學長來決定吧！

學長想去的地方，我都想去！

無論哪一天約會都可以喔！

叮

我們什麼時候⋯的約會呢？

等你準備好，⋯期和時間。

已經給學長答覆了，現在趕緊來寫閱讀心得吧！

好！

完成啦！

啪噠

我還是第一次這麼早寫完閱讀心得呢！

• finish ＋動詞 ing，表示「完成某事」。
Have you finished cleaning your room?（你的房間清理好了嗎？）
Yes, it's done.（是的，已經完成了。）
No, not yet.（不，還沒有。）

• book report 閱讀心得
news report 新聞報導
report card 成績單

113 That's right. 沒錯。

That's right.
▷沒錯。

沒有。

你等很久了嗎？

學長！

而且畢竟我們正在交往啊！

雖然我們是鄰居，但我還是想在你家門口等你。因為很好奇那是什麼感覺。

她看起來好像很興奮

我和學長交往了！

真可愛。

沒錯！

- That's right. 沒錯。
  = Yes.
  = Of course.
  以上皆表示「同意」。

- That's not right. 那是錯的。
  = No.
  = Of course not.
  以上皆表示「不同意」。

114 ☐ at first 起初

At first, I didn't think I would go on a date with him.
▷起初，我不認為我會和他約會。

哇！

我居然和路易學長進行正式約會！

我不是在做夢吧？

學長看起來越來越帥了呢！

撲通 撲通 撲通

我很期待去逛水族館喔！

起初，我的英語還很差時，真的完全沒想到能和學長有浪漫的約會。

真希望時間靜止在這一刻……

你有在聽我說話嗎？

叮

又出現傻瓜表情了。

- 「起初」的其他說法：
  in the beginning
  in the first place

- 此外，原句也可以表示為：
  At first, I thought I had no chance to go on a date with him. （起初，我認為我沒機會和他約會。）

115 look like ~ 看起來像……

That jellyfish looks like an octopus.
▷那隻水母看起來像章魚。

學長！
你看那隻水母長得好像章魚喔！

啊！
那是澳洲斑點水母。

哇！

他好厲害！

我會選這裡當作我們第一次正式約會的場所，

是因為我記得你曾經說過想來這裡。

咦？

你喜歡逛水族館嗎？

其實……

哈哈！
你的臉紅得和後面的紅水母一樣。

臉紅

紅水母

• look like ＋名詞，表示「看起來像……」。
look ＋形容詞，表示「看起來……」。
She looks pale. Is she all right?
（她看起來好蒼白。她還好嗎？）

• 其他水中生物的說法：
sea star 海星 / dolphin 海豚
squid 烏賊 / clown fish 小丑魚
shark 鯊魚 / whale 鯨魚

116 stop ~ing 停止（做某事）

We stopped talking.
▷我們停止說話。

- stop ＋動詞 ing，表示「停止做某事」。
  Can you stop shouting?（你可以停止大叫嗎？）

- stop ＋ to 動詞，表示「停下手邊的事情，改做某事」。
  We stopped to talk.（我們停下來說話。）

117 Shall I ~? 要不要我（做某事）？

Shall I take a picture for you?
▷要不要我幫你們拍照？

我來試試看吧！

入鏡吧！

沒辦法全部

合照！

我們來和牠

學長，那隻海豚在吐泡泡！

真的耶！

指

我的手也不夠長。

嗚嗚……現在是按快門的最佳時機牠！

要不要我幫你們拍照？

麻煩您了！

STAFF

喀嚓

- take a picture ＋ for / of，表示「幫……拍照」。
  Could you take a picture for / of me?（可以請你幫我拍張照嗎？）

- take a picture ＋ with，表示「和……合照」。
  Could you take a picture with me?（可以請你跟我一起合照嗎？）

118 # for the first time　第一次

I heard a dolphin's cry for the first time.
▷我第一次聽到海豚的叫聲。

I heard a dolphin's cry
for the first time.
（我第一次聽到海豚的叫聲。）

- 注意動詞過去式：
  hear – heard

- cry 除了表示「哭泣」，也有
  「叫聲」的意思。

- 關於 cry 的其他片語：
  cry wolf 發假警報
  a cry for help 求救聲
  cry in one's beer 自怨自艾

♥ 119 on the internet 在網路上

I looked up the aquarium on the internet.

▷我在網路上查詢這間水族館。

那個……

嗯？

你在網路上查詢這家水族館的時候，

有找到特別想參觀的展區嗎？

你該不會是想去深海區的情人座吧？

對！

瑪莉亞，你真的很可愛。

那是因為……

噗哧

看來，你也有事先做過功課呀！

臉紅

- look up 向上看、查詢
  look up to 向上看、仰慕

- 關於 look 的其他片語：
  look into 調查、研究
  look for 尋找
  look over （快速）檢查
  look away 轉移視線
  look after 照顧（= take care of）

120 ☐ stand up 起身

They have just stood up to leave.
▷他們剛起身要離開。

可惜座位全滿了吧……

怎麼這樣！

沒辦法，我們下次來的時候再體驗吧！

下次？

說的也是！我們已經在交往了。

當然還有「下次」啊！

我們走吧！

好。♡

有空位了，要坐嗎？

當然要！不過，之後還要再來喔！

好。

* 注意動詞過去式：
  stand – stood

* have just ＋過去分詞，表示「剛才做了某事」。

* leave 離開
  leave for 前往
  He's leaving for London next week.（他下週要去倫敦。）

121 between A and B　在A與B之間

STEP 2

There is a time difference between Tokyo and New York.
▷東京與紐約之間有時差。

怎麼了？

瑪莉亞。

太靠近了吧！我們的大腿都碰在一起了！

撲通

撲通

哇！是情人座！

咦？

希望你聽了別傷心。

我明天要回去紐約探望祖父母了，暑假大部分的時間應該都會待在那裡。

東京與紐約之間有時差，所以我們可能沒辦法聯絡了。

抱歉。

什麼？

• 表示兩地時差的說法：
ahead of 在……之前
Taipei is seven hours ahead of London.（臺北比倫敦快 7 個小時。）
behind 在……之後
London is seven hours behind Taipei.（倫敦比臺北慢 7 個小時。）

122 ask ~ to ~　要求……做……

I asked him to call me.
▷我要求他打電話給我。

13個小時？

13個小時。

那個……
時差有多久呢？

紐約！
好突然！

這裡的白天是那裡的晚上。

應該很難保持聯繫。

拜託！

所以你一定要打給我喔！

無論半夜或清晨，我都會接電話的。

好……

晴天霹靂

・ask ~ to ~ 也有「邀請某人做某事」的意思。
My friends asked me to play golf with them.（我的朋友們邀請我和他們一起打高爾夫球。）

・ask ~ for ~ 向……索取……
Jason asked his parents for some money.（傑森向他的父母要了一些錢。）

123 take a picture 拍照

Let's take a picture together.
▷我們一起拍張照吧！

* let's 是 let us 的縮寫，有「邀約對方一起做某事」的意思。

* 肯定用法：Let's ＋原形動詞
Let's go on a picnic.（我們去野餐吧！）

* 否定用法：Let's ＋ not ＋原形動詞
Let's not stay up late.（我們不要熬夜吧！）

124 ☐ like to ~ / like ~ing　喜歡（做某事）

I like chatting.
▷我喜歡聊天。

心情有好點了嗎？

有。不過，你還是要打電話給我喔！

好……

我很喜歡聊天！

所以你真的任何時候都可以打給我！

祕、祕密……

害羞

而且，之前我還會和朋友宵暢聊有關學長的事……

咦？

你們整個晚上都在談論我的什麼事情？

路易學長真的太帥了，讓人無法停止喜歡他！

啊！

・like 除了表示「喜歡」，還有「像、舉例」的意思。

・She sleeps like a baby every night.（她每晚都睡得像小嬰兒一樣香甜。）
Valerie can speak several languages, like Korean and French.（瓦樂莉會說多種語言，像是韓語和法語。）

❤️125 put ~ in ~ ———— 把……放進……裡

I put the comic book in my bag.
▷我把漫畫書放進包包裡。

對了，我得趁出國前把這個還給你。

這是你之前借給我的漫畫。

其實少女漫畫挺有趣的，讓我大為改觀。

！

戀之花

尤其這一本更精采！

劇情不僅動人，而且不會拖泥帶水。

之後也可以和學長聊漫畫了。

顏開

笑逐

真開心！♡

沒錯，我還差點感動得哭出來。

！

看來學長也是很容易入戲的人啊！

- 注意動詞三態：
  put – put – put
  三者的字形和發音都一樣喔！

- put 也有「說、表達」的意思。
  How should I put it?（該怎麼說呢？）

126 come and ~　來（做某事）

Do you want to come and watch the DVD?
▷你想來看 DVD 嗎？

・come along 跟隨、一起去
I'm going to the library. Are you coming along?（我要去圖書館。你要一起去嗎？）

・come and go 來來去去
Those birds come and go every year.（那些鳥每年來了又去。）

♥127 the way to ~　前往……的路

I showed a woman the way to the train station in English.
▷我用英語為一名女人指引前往火車站的路。

真希望在紐約，也能像這樣和你一起約會。

咦？

撲通

之前你已經可以用英語為人指路，到了紐約一定也沒問題的。

我一定完全聽不懂……

可是，那只是因為湊巧課本上有教過。

而且要是當地人說話的速度太快……

• show someone the way to ~ 為某人指路
Can you show me the way to the principal's office?（你能指引我到校長室的路嗎？）

• in ＋語言，表示「使用某種語言」。
in Mandarin 用中文
in Taiwanese 用臺語
in Hakka 用客語

STEP 2 · 128 keep ~ing 繼續（做某事）

I decided to keep studying English.
▷我決定繼續學習英語。

所以說，我得繼續努力學習英語。

目標是就算對方說的不是課本出現過的句子，我也能夠理解他想表達的意思！

等到我達成目標，再帶我去遊覽整個紐約吧！

好，一言為定。

碰頭

！

故作鎮定

天啊！

撲通 撲通 撲通 撲通 撲通

♪

- keep ＋動詞 ing

- keep ＋名詞
Can you keep a seat for me?（你能幫我留位置嗎？）

- keep ＋形容詞
Alisa drank some coffee to keep awake.（艾麗莎喝了點咖啡來保持清醒。）

129 stay with ~ 和……待在一起、暫住

My friend stayed with me tonight.
▷我的朋友今晚暫住我家。

哇！

你們倆坐情侶座的時候，頭碰在一起了？

你應該緊張得不能呼吸了吧？

就是說啊！

那個，你……

接吻了嗎？

還、還沒有啦！太早了吧！

也是。

慌慌張張

今天我要住在你家聽更多細節！

好啊！

太有趣了！

- stay 除了表示「停留、暫住」之外，還有「持續」的意思。This store stays open until ten o'clock.（這間店持續營業到十點。）

- stay 保持（維持原有的狀態）
  keep 保持（透過做某事來維持某種狀態）

130 the number of ~ ……的數量

The number of comic books is increasing.
▷漫畫書的數量正在增加。

每年暑假我們都會一起討論功課和漫畫，沒想到今年居然多了戀愛的話題。

完全想不到會發生這種事。

哈！

一起看漫畫的時候最開心了。

對了，你最近有什麼不錯的漫畫可以推薦給我嗎？

等等！你的漫畫數量是不是又增加了啊？

哈！對啊！

書櫃快塞爆了！

害羞　害羞

因為學長開始向我借漫畫，所以我就忍不住多買了一點……

這樣就可以和他討論更多漫畫了。

- the number of ＋可數名詞
  In Taiwan, the number of electric cars is increasing.（在臺灣，電動車的數量正在增加。）

- the amount of ＋不可數名詞
  He had to cut down on the amount of salt in his diet.（他不得不減少飲食中的鹽量。）

131 walk to ~ 走路到……

STEP 2

We walked to the convenience store.
▷我們走路到便利商店。

悠閒的
漫畫時光

讀了這本漫畫之後，肚子變得好餓。

果然是美食漫畫。

那麼，要不要去便利商店買點心呢？

好啊！

說的也是！

我們吃飽後散步回家，熱量就消耗完了啊！

那個熱量不是很高嗎？

零熱量理論。

好想吃最新一集裡出現的甜點喔！

好像是磅蛋糕。

- walk to ~ 走路到……
= go to ~ on foot
原句也可以表示為：
We went to the convenience store on foot.

- convenience store 便利商店
department store 百貨公司

138

132 next to ~　　在……隔壁

He lives next to me.
▷他住在我隔壁。

優先讓你看喔！

沒問題！

我可以看你們在水族館拍的照片嗎？

啊！

我要開動了！♡

開心

鏘

POUN 奶油麵包

POUN 奶油麵包

路易學長很上相呢！

哇！

就是說啊！

有個這麼帥的人住在隔壁，應該會無時無刻都很緊張吧？

感覺壓力好大！

沒錯！

對面就是學長的房間，害我都不敢拉開窗簾。

好想偷偷觀察學長平時都在房間裡做些什麼事情喔！

實在很好奇。

不可以偷窺喔！

- 其他地方介系詞的說法：
  in 在……裡面
  on 在……上面
  under 在……下面
  across 在……對面

- next 也有「下一個」的意思。
  Who's next?（下一位是誰？）

133 like ~ (the) best　最喜歡……

I like summer the best of all the seasons.
▷在所有季節裡，我最喜歡夏天。

瑪莉亞，你最近的生活發生了好多改變，我每次聽你說完都好吃驚。

其實，我也覺得像在做夢一樣。

今年夏天，你不僅在夏日祭典被告白，還去水族館約會吧！

真令人羨慕！

所以，在所有季節裡，我最喜歡夏天！

而且學長的生日也在夏天！

你真單純吧！

深夜吶喊

夏天最棒了！我愛夏天！

哈哈！

- ~ (the) best of all ……最好的
This café is the best of all the new downtown coffee shops.
（這家咖啡廳是市中心所有新開的咖啡廳中最好的。）

- 四季的說法：
spring 春天
summer 夏天
autumn / fall 秋天
winter 冬天

140

134 be kind to ~ 對……很好

She is always kind to me.
▷她總是對我很好。

不過，即使你努力完成了暑假作業，也沒辦法和學長約會啦……

嗚嗚……

對啊……

那麼，不如利用這個機會提升自己的魅力吧！

我把家裡有的各種時尚雜誌都帶來嘍！

- kind 友好的、親切的
  = nice
  原句也可以表示為：
  She is always nice to me.

- 其他頻率副詞的說法：
  always 總是
  usually 經常
  often 常常
  sometimes 有時候
  seldom 很少
  never 從來沒有
  以上由頻率高至低排序。

我們一起成為有魅力的女人吧！

我也想和喜歡的人告白！

你人真好！

小咪！♡

好！

☐ 135 go into ~ 進入

I went into my room in a hurry.
▷我急忙進入自己的房間。

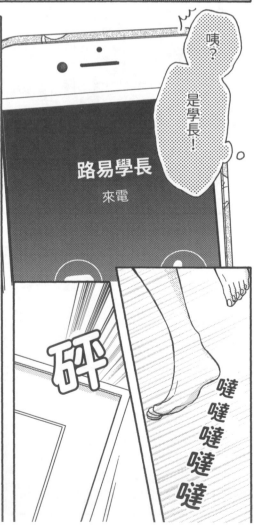

- go into ~ 進入
  = enter
  原句也可以表示為：
  I entered my room in a hurry.

- in a hurry 急忙
  = hastily
  原句也可以表示為：
  I hastily went into my room.

STEP 2 · 136 put on ~　穿戴

He puts on sunglasses when he goes out.
▷他出門時戴上墨鏡。

你那裡現在幾點呢？

早上七點。

什麼？

你可以選在日本的半夜或清晨打給我。

我不想讓學長太勞累。

沒關係，因為我很想你。

！

害羞

可以聽到你的聲音真是太好了。

我、我也是。

紐約的天氣如何？

無法看到你臉紅的樣子，真是太可惜了。

故作鎮定

這裡的陽光比日本更熾熱，所以我外出都會戴墨鏡。

墨鏡？

好想看學長帶墨鏡的樣子。

一定很適合！

- put on 穿戴（表示動作）
  I put on a jacket and shoes before going outside.（我在出門前穿上夾克和鞋子。）

- wear 穿著、戴著（表示狀態）
  He wears a cap to school every day.（他每天戴著帽子去上學。）

137 May I help you?　我可以幫您嗎？

May I help you?
▷我可以幫您嗎？

學長會戴哪一種墨鏡呢？

是這種嗎？

還是那種？

盯

結果學長還是不肯傳照片給我看，真可惜。

你傳一張戴墨鏡的照片給我看嘛！

不要啦！

我會不好意思。

吼！

- 「詢問是否需要協助」的其他說法：
  Can I help you?
  What can I do for you?

- 表示「同意」的回答：
  Yes, please.（好，麻煩了。）

- 表示「不需要」的回答：
  No, thanks. I can manage.（不用了，謝謝。我可以自己來。）

請問需要幫忙嗎？

啊！

不用……

staff

138 be famous for ~ 以……聞名

New York is famous for the Statue of Liberty.
▷紐約以自由女神像聞名。

- be famous for ~ 以「某人事物的特點」聞名
  J.K. Rowling became famous for the Harry Potter series. （J.K. 羅琳以小說哈利波特系列聞名。）

- be famous as ~ 以「某種身分」聞名
  He is more famous as a singer than as an actor. （他作為歌手比當演員更出名。）

139 on ~ way to ~　前往……的路上

I bought a small chair on my way to the bookstore.
▷我在前往書店的路上，買了一張小椅子。

去書店時，除了買最新一集的漫畫，

也添購一本紐約旅遊書吧！

好可愛！

玩偶用
座椅
8折

謝謝光臨！

開心

開心

我要拍一張柴犬娃娃坐在椅子上的照片給學長看！

- 注意動詞過去式：
  buy – bought

- on someone's way 在半路上
  I'm on my way to visit you.（我正在去拜訪你的路上。）

- in someone's way 擋路
  Can you move, please? You're in my way.（請你移動一下好嗎？你擋到我的路了。）

look forward to ~　期待

I'm looking forward to seeing him.
▷我期待見到他。

雖然我的房間裡本來就有很多娃娃，

但還是學長送的這個最可愛！

其實，用手機聯絡就已經很滿足了。

但還是忍不住想……早點見到他。

趕快把照片傳給學長……

啊！時差！

現在那裡大約是清晨五點啊……

還是晚點再傳好了。

- look forward to ＋動詞 ing，表示「期待某事的發生」。
  We look forward to seeing Amy again.
  （我們期待再次見到艾咪。）

- expect ＋ to 動詞，表示「預期某事會發生」。
  I didn't expect to see John here.（我沒料到會在這裡見到約翰。）

141 start to ~ / start ~ing 開始（做某事）

I started to study English.

▷我開始研讀英語。

對了！

趁學長起床之前，來讀一點英語吧！

拍手

之前已經說了要達到「理解」的目標。

就算對方說的不是課本出現過的句子，也能夠

現在來努力實踐諾言吧！

那樣的話，就可以和學長在紐約⋯⋯

幻想

從今天開始，練習加強英語聽力吧！

DISK 音檔CD

基礎篇 附CD 英語聽力測驗試題本

呃，現在可不是幻想的時候。

・study 也可以做為名詞，表示「書房、研究論文」。

・Sandy is reading in her study.（珊蒂正在書房內看書。）
She wrote a study of Albert Einstein's political views.（她寫了一篇關於愛因斯坦政治觀點的研究。）

142 ~ and so on ……等

I like cookies, potato chips, cake, popcorn, and so on.
▷我喜歡餅乾、洋芋片、蛋糕、爆米花等。

路易學長

我打算買一些伴手禮回日本。

你有沒有特別想吃的零食？

叮咚

新訊息

路易學長

很快就可以見到學長了！

興奮

伴手禮！

開心

• ~ and so on ……等（較不正式）
= ~ and so forth（用於正式書寫）
= ~ etc.（用於正式書寫，且前面所接的事物須至少有兩個）
原句也可以表示為：
I like cookies, potato chips, cake,
popcorn, and so forth. 或
I like cookies, potato chips, cake,
popcorn, etc.

這個嘛……

我超級喜歡餅乾、洋芋片、蛋糕、爆米花等零食！

還有……

143 speak to ~ 和……說話

His father spoke to me in English.
▷他的父親用英語跟我說話。

- 注意動詞過去式：
speak – spoke

- 關於 speak 的其他片語：
speak out / up 坦率說出、公開發表意見
speak up for somebody 為某人說好話或辯護
speak one's mind 說出心聲
generally speaking 一般來說

144 both A and B　　A 和 B 兩者都要

I want both the chocolate and the comic book.
▷我想要巧克力和漫畫書。

我有帶伴手禮回來喔！

剛才真是不好意思 你買了什麼伴手禮？

太棒了！

紐約巧克力和漫畫《愛上你的日子是彩色的》英語版。

你想要哪一個？

咦？
哪一個？

慌張

既然是學長特地為我挑的，

我兩個都想要！

・either A or B 只要 A 或 B 其中一個
　I want either the chocolate or the comic book.（我想要巧克力或漫畫書。）

・neither A nor B 兩者都不要
　I want neither the chocolate nor the comic book.（我不想要巧克力和漫畫書。）

其實，我本來就打算兩個都給你啦！

又被學長捉弄了！

！

145 hear about ~ 聽到關於……

I'm glad to hear about his life in New York.
▷我很高興聽到關於他在紐約的生活。

啊！我最近才知道，原來自由女神像位於港口吧！

什麼？那座雕像很有名吧！

可是，我也只去看過幾次而已。

因為我大多時候都是去中央公園。

在那裡可以看到人們做各種事情，例如打籃球、玩滑板……

而且，因為我爸很喜歡音樂劇，所以我們也常去百老匯……

啊！抱歉，我一直說個不停。

沒關係。

我很高興聽到關於學長在紐約的生活！

白日夢？

這些可以成為我做白日夢的素材。

- hear about ~ 聽說關於某人或物的事情

- hear of ~ 聽說某人或物本身
  I have never heard of that country.
  （我從未聽說過那個國家。）

- hear from ~ 收到某人的消息
  He heard from his brother last Saturday.（他上個星期六收到了他弟弟的消息。）

152

146 do one's best　全力以赴

I'll do my best to go to New York with him.
▷為了和他一起去紐約，我會全力以赴。

呃……

中央公園和
百老匯……

啊！
我有買了一本
紐約旅遊書。

我回去查查看。

捏

！

我會為你導覽，
所以你不用看
旅遊書啦！

！
厚啦！
（好啦！）

不過，
不曉得什麼時
候才能成行？

我會全力以赴
加強英語的！

- 「全力以赴」的其他說法：
  do all one can
  do one's utmost
  give one's all
  make every effort
  spare no effort
  try one's hardest
  try as hard as one can

147 sit down 坐下

When I was about to sit down, I passed out.
▷當我正要坐下時，我就暈倒了。

- sit down 坐下
  stand up 起立

- be about to 和 be going to 雖然皆表示「將要」，但前者有強調「即將、正要」的意思。

- pass out 昏倒、失去意識
  pass away 過世
  His daughter passed away in a car accident last month.（他女兒上個月在一場車禍中身亡了。）

148 without ~ing 沒有（做某事）

I came to school without eating breakfast.
▷我沒有吃早餐就到學校了。

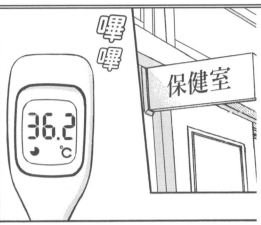

沒有發燒，可能是貧血喔！

啊！

保健室

36.2℃

嗶嗶

今天早上

瑪莉亞，你的早餐呢？

啊！時間已經這麼晚了？

慌張

頭髮還沒吹乾！

沒時間吃了！

是因為我沒吃早餐的關係。

有可能……

因為想要香噴噴的出現在學長面前，所以忙著洗頭髮和吹頭髮，就沒吃早餐了。

- without ＋名詞
  He drank the soup without a spoon.
  （他沒用湯匙喝湯。）

- 其他餐點的說法：
  brunch 早午餐
  lunch 午餐
  afternoon tea 下午茶
  dinner 晚餐
  late-night snack 宵夜

149 get well / get better 康復

If you get some rest, you will get well soon.
▷如果你稍作休息,你很快就會康復了。

- If 條件句（現在式）＋結果句（未來式）為常見的假設語氣用法。
  If you work hard, your dreams will come true.（如果你努力,你的夢想終將實現。）

- 「祝福他人早日康復」的說法:
  Wishing you a speedy recovery.
  Wishing you a quick return to good health.

150 □ a kind of ~　一種

"Chexmix" is a kind of snack.
▷「Chexmix」是一種點心。

唉？

學長？

彈起

午安。

瞬眼

「Chexmix」？

這是美式懷舊點心，裡面包含了各種不同口味的餅乾。

？...

唰

- snack 點心（指非正餐時吃的零食，包含甜食、鹹食、餅乾、水果等）

- dessert 甜點（僅限於餐後甜食）
  Let's have cake for dessert tonight!（我們今晚吃蛋糕當甜點吧！）

還是被發現了！

羞愧

聽說你因為沒吃早餐暈倒了。

保健室阿姨說的。

所以我特地為你，

準備了「Chexmix」喔！

這本來是要送給朋友的伴手禮。

Chex mix

SNACKMIX

□ 151 because of ~ 因為

I was absent from the class because of a fever.
▷我因為發燒而缺課。

STEP 2

- because of ＋名詞或動名詞
  because ＋句子

- Because of her shyness, Amy has difficulty talking to boys.（由於艾咪很害羞，所以很難與男生交談。）
  They didn't go to the park because it began to rain.（他們沒有去公園，因為開始下雨了。）

152 in fact 　事實上

In fact, I was just hungry.
▷事實上，我只是肚子餓。

- 「事實上」的其他說法：
  actually
  as a matter of fact

- 「肚子餓」的其他說法：
  I'm starving.（我要餓死了。）
  I could eat a horse.（我超級餓。）
  My stomach is growling.（我飢腸轆轆。）

❤️153 most of ~　大多數

Most of the couples are kissing.

▷大多數的情侶都在親吻。

STEP 2

- couple 情侶、夫妻
  a couple of 幾個（通常指兩個）

- kiss 吻（對象和形式很多，不單指情人間的接吻）
  He kissed his daughter on the cheek.（他在女兒臉上親了一下。）

片語解析專欄

most of 和 most

瑪莉亞

學長，為什麼 **most of** 的後面必須加 **the** 或 **my**，**most** 卻不用呢？

路易

你問得很好。舉例來說，「大部分的學生」可以用 **most students** 或 **most of the students** 來表示。

而 **most of** 的後面必須加 **the**，是因為 **of** 用來接續特定名詞。因此，就上面的例子來看，別人可以從 **most of the students** 判斷那些學生指的是誰。

瑪莉亞

原來如此！

也就是說，特定名詞前必須加上定冠詞、指示代名詞或所有格，例如 **the**、**this**、**that**、**these**、**those**、**my**、**your**、**his**、**her** 等。

沒錯。

另外還要注意，**the** 的後面接複數名詞時，動詞也要變成複數形喔！

路易

No one was there.
▷沒有人在那裡。

- no one 沒有人
  = nobody
  原句也可以表示為：
  Nobody was there.

- someone 某人（不確定是誰）
  = somebody
  Someone was there.（有人在那裡。）

155 these days 最近

He is busy these days.
▷他最近很忙。

瑪莉亞，話說你之前不是和學長約好要去他家看DVD嗎？

進展真不錯！

那個，這件事似乎還要再等一段時間了。

咦？為什麼？

因為學長在準備校慶，週末都很忙碌。

而且或許是因為暑假期間無法留校，所以現在每天放學後期間都必須留校。

啊！高中生確實得努力準備校慶。

幸好我們只需要簡單觀摩就可以了。

你這個好運的傢伙！

戰戰

不知道DVD之約會延後到何時。

雖然很可惜，但我卻覺得鬆了一口氣。

可能是害怕心臟受不了。

- 「最近」的其他說法：
  recently
  lately

- 這句話的反義為 He is not busy these days.（他最近沒有很忙）。

156 this time 這次

Can you come to my house this time?
▷這次你可以來我家嗎？

- this time 這次
  last time 上次
  next time 下次

- What did they do last time?
  （他們上次做了什麼？）
  See you next time.（下次見。）

157 a piece of ~　一張（片、塊）

She took out a piece of paper.
▷她拿出一張紙。

- a piece of paper 一張紙
  a piece of junk 沒用的廢物
  a piece of the pie 可以得到的一份（福利或盈利）

- 形容一件事情很簡單，可以說：
  It's a piece of cake.

158 have a party　舉行派對

If it goes well, we'll have a party.
▷如果事情順利，我們就舉行派對。

而且聖誕節快到了，所以我才下定決心要告白。

看到你的情況，讓我覺得有男朋友是一件很棒的事情。

天啊！我從現在就開始緊張了！

心臟好像快跳出來了……

我也替你感到好緊張喔！

撲通　撲通　撲通

小咪……

緊握

如果事情順利，我們就舉行派對！

好啊！

連同你的份一起慶祝！

- go well 順利
  = go smoothly
  原句也可以表示為：
  If it goes smoothly, we'll have a party.

- have a party 舉行派對
  = throw a party
  原句也可以表示為：
  If it goes well, we'll throw a party.

159 go down ~　走下

She went down the steps.
▷她走下階梯。

- go down 除了表示「走下」，還有「下降、延伸到」的意思。

- The temperature went down to minus five last night. （昨晚氣溫降到了零下五度。）
  This road goes down to that bridge. （這條路延伸到那座橋。）

160 come true　成真

I hope her dream will come true.
▷我希望她的夢想能夠成真。

那個男生很喜歡生物。

所以我現在夢想著有天可以和他一起去逛動物園或水族館。

好替她緊張啊！

小咪，加油！

要是她也能和喜歡的人交往，那就太好了！

拜託要順利，希望小咪的夢想能夠成真！

- 「我希望你的夢想成真」的說法：
I hope your dream will be realized.
I hope your wish is granted.
I hope your wish becomes reality.

- dream 也有「做夢、夢境」的意思。
What did you dream last night?
（你昨晚做了什麼夢？）
I had a dream about dinosaurs.
（我做了一個關於恐龍的夢。）

161 by ~　搭乘（某種交通工具）

We went home by bus.
▷我們搭公車回家。

他答應了。

瑪莉亞……

小咪！

！

恭喜你！

太好了，我都快哭了！

抱緊

癱軟

不過，為什麼告白完後完全身無力呢？

我們搭公車回家吧！

可以坐著說話

- 「搭乘交通工具」的其他說法：

- take ＋ the / a 交通工具 ＋ to 地方

- go to 地方 ＋ in ＋ the / a 交通工具
  （用於只能坐在裡面的小型交通工具，例如 car、taxi 等）

- go to 地方 ＋ on ＋ the / a 交通工具
  （用於可以在裡面站立的大型交通工具，像是 airplane、train、bus、MRT 等）

162 have a chance to ~ 有機會（做某事）

I'll have a chance to see him at the school festival.
▷我有機會在校慶見到他。

- have a chance 有機會
  have no chance 沒機會

- 關於 chance 的其他片語：
  take a chance 冒險一試
  take no chances 謹慎行事
  by chance 碰巧
  by any chance 在任何情況下
  slim chance 機會渺茫（正式用語）
  fat chance 機會渺茫（語氣反諷）

163 get off ~ 　下車

I got off the bus.
▷我下了公車。

get off / get out o
我下了公車。
I (off) the bus

上課不要發呆！你來回答這裡該填什麼片語！

伊藤瑪莉亞！

驚！

哇……小咪告白成功真是太好了！

我們都有男朋友了！
開心
開心
伊藤……

答對了！

所以答案是……
「I got off the bus.」。

震驚

哇！

！

從公車或火車下車要用「get off」，

從計程車或汽車下車則是用「get out of」。

get off

get out of

TAXI　Car

- 注意動詞過去式：
  get – got

- get on / get off 上、下車（用於可以在裡面站立的大型交通工具）
  get on the bus 上公車

- get into / get out of 上、下車（用於只能坐在裡面的小型交通工具）
  get out of the taxi 下計程車

164 a long time ago 很久以前

My parents had their first date at the zoo a long time ago.
▷很久以前，我的父母在動物園初次約會。

其實，我最近還特別加強了英語聽力喔！

剛才好厲害！

瑪莉亞，你的英語真的變好了吧！

那個，

對了，你們打算何時約會？

我們計畫星期日要去動物園。

我也很驚訝！

不會吧！真是太巧了！

你之前才說過想和他一起去動物園嘛！

太好了！

而且，這次要去的動物園，是我爸媽以前第一次約會的地方喔！

- date 約會（用於情侶）

- meeting 聚會（用於商業或一般朋友）
  She's in a meeting right now.（她現在正在開會。）

- appointment 預約（用於專業人士，如醫生、律師等）
  His father had to cancel the dental appointment.（他父親不得不取消牙醫預約。）

165 come in　進入

He told me to come in.
▷他叫我進來。

路易學長

哇！第一次去學長的教室吧！　好興奮！

嘻嘻

瑪莉亞，
你可以到我班上找我嗎？
我有事想請你幫忙。

嗒嗒嗒

學長！

嘎啦

2年A班

現在只有我一個人，你就進來吧！

・注意動詞過去式：
tell – told

・「要求某人做某事」的其他說法：
make someone ＋原形動詞
have someone ＋原形動詞
let someone ＋原形動詞
get someone ＋ to 動詞

166 help ~ with ~ 　幫忙……做……

Can you help me with my work?
▷你可以幫忙我做這項工作嗎？

第一次走進高年級的教室，真緊張……

撲通

打擾了！

撲通

撲通

最近都被困在座位上。

抱歉，我忙著準備校慶，幾乎沒時間陪你。

這是我們班的校慶企畫。

啪

？

我們打算經營咖啡店，一個人必須做三張傳單。

可是我很不擅長畫畫，你可以幫幫我嗎？

！

交給我吧！

讓我來解救路易學長！♡

- 關於 help 的其他片語：
  help oneself 請自便
  can't help but 忍不住

- help 也可作為名詞。
  I think she needs some help.
  （我認為她需要一些幫助。）

- 處於危難時，可以大喊 Help!
  （救命！）引起旁人注意。

167 be afraid of ~ 害怕

She is afraid of rats.
▷她害怕老鼠。

「害怕」的其他說法：
be scared of
be frightened of
be terrified of

rat 老鼠（中大型鼠類）
mouse 老鼠（小型鼠類）、電腦滑鼠
mouse 的複數形為 mice。

168 since then 從那時開始

I haven't liked rats since then.
▷我從那時開始就不喜歡老鼠。

輕拍

好神奇的遭遇

從那時開始，我就不喜歡老鼠。

救命!

吱吱

我小時候，有一次午睡時，被老鼠咬了耳朵。

天啊⋯⋯⋯⋯

沒事了，沒事了。

輕拍 輕拍

- since then 從那時開始
  = from then on
  原句也可以表示為：
  From then on, I started to really dislike rats.

- since 除了有「自從」的意思，也可以表示「原因」。
  Since it's raining, we've decided to stay home.（因為下雨，我們決定待在家。）

169 be different from ~ 與……不同

American culture is different from Japanese culture.
▷美國文化和日本文化不同。

- be different from ~ 與……不同
  be the same as ~ 與……相同
  Maria's taste in clothes is the same as mine.（瑪莉亞的衣著品味和我的相同。）

- cultural differences 文化差異
  culture shock 文化衝擊

♥ 170 walk around ~　　到處走動

Let's hold hands and walk around the school.
▷我們手牽手在校園裡走走吧！

要不要在校園裡牽手？

昭告大家我們正在交往。

！好！

到時候一起參加校慶吧！

真期待校慶！

瑪莉亞興奮的樣子真可愛。

興奮 興奮

撲通 撲通

咦？

好、好啊！

雖然很害羞，但也很開心……

撲通

撲通

・shake hands 握手
　When I first met Martin, he warmly shook hands with me. （當我初次見到馬汀時，他熱情的和我握手。）

・high-five 擊掌
　They always high-five each other after winning a game. （他們總是在贏得比賽後互相擊掌。）

171 at last 終於

I finished my English workbooks at last.
▷我終於寫完了我的英語練習簿。

總共有四冊呢！

我終於靠自己的力量完成這一套英語練習簿了！

大功告成！

開心♡

離「和學長去紐約」的夢想又更近了！♡

洋洋得意

而且也寫完了學校作業，真是太了不起了！

此外，英語成績也進步了不少。

- at last 終於
  = finally
  原句也可以表示為：
  I finally finished my English
  workbooks.

- textbook 課本
  workbook 習作
  homework 作業

♥172 not very ~　不是很……

I'm not very good at listening.
▷我不是很擅長聽力。

還有一點時間，來做幾則英語聽力測驗吧！

不可以鬆懈！

DISK 1
音檔CD

基礎篇 附CD
英語聽力測驗試題本

準備就緒

有些字碰在一起會變成連音，根本聽不出來在說什麼啊！

聽力真的好困難！

……

……

我和英語之間還是隔著一道牆啊！

感覺「和學長一起去紐約」的夢想又變遙遠了……

喪氣

- not very 的語氣比 not 更委婉。
  The skirt is not very pretty.
  （這件裙子不是很漂亮。）
  The skirt is not pretty.（這件裙子不漂亮。）

- 此外，也可以用該字的反義詞來表達，語氣最直接、強烈。
  The skirt is ugly.（這件裙子很醜。）

STEP 2

173 get on ~　搭乗

I skipped and got on the bus.
▷我輕快的跳著，然後搭上公車。

話說，不知道學長喜歡什麼髮型。

問問看吧！

咦？

你要出門啊？

對，我想去一趟美容院。

如果他喜歡短髮，我要不要考慮換個造型呢？

叮咚

不管你留什麼髮型，我都覺得很好看。

這正是我想聽到的！

！！

我要把這則訊息截圖保存起來！

噗咻

輕快

- 注意動詞過去式：
  skip – skipped

- skip 跳（輕快的小步跳、兩腳交替跳躍）

- jump 跳（雙腳同步跳躍）
  Do not jump off the bus while it is moving.（公車行駛時，請勿跳下。）

♥174 Would you ~? 你可以……嗎？

Would you tell me how to get off the bus?
▷你可以告訴我怎麼下公車嗎？

Would you tell me how to
get off the bus?
（你可以告訴我怎麼下公車嗎？）

還是稍微剪短好了。

想在下次約會時給學長一個驚喜。

Excuse me.
（不好意思。）

When you see your bus stop on the
screen at the front,
（當你在前面的螢幕上看到你要下車的站名，）

press the button.
（就壓下按鈕。）

Thanks for your help.
（謝謝你的幫忙。）

Sure.
（不客氣。）

· 下列為 how 的兩種用法：

· 詢問方法
How did Martha and Neil meet?
（瑪莎和尼爾是怎麼認識的？）

· 詢問程度
How far does Emily drive to work
every day?（艾蜜莉每天開多遠的車去上班？）

Your English is good!
（你的英語很棒！）

Thanks!
（謝謝！）

居然被外國人稱讚了

175 all day　一整天

I will be with him all day today.
▷今天我一整天都會和他在一起。

一起參加校慶吧！

校慶當天

今天我一整天都會和學長在一起！

興奮

要不要在校園裡牽手？

昭告大家，我們正在交往。

真的要那樣做嗎？

撲通
撲通
撲通

今天要努力創造美好的校園回憶！

高手逛校園會是什麼滋味呢？

撲通
撲通

- all day 整天
  all morning 整個早上
  all week 整週

- 這裡的 be = stay
  原句也可以表示為：
  I will stay with him all day today.

I think so, too.
▷我也這麼認為。

要先去逛哪一區呢？

瑪莉亞！

學長……

因為我負責宣傳，所以得整天都穿這套衣服。

2年A班
復古咖啡店

同學們都說我很適合這身打扮，你覺得呢？

我也這麼認為！

- 表示「同意」的說法：
  I agree.
  I feel the same way.
  I'm with you on that.
  My thoughts exactly.

- 表示「不同意」的說法：
  I disagree.
  I don't think so.
  I'm not sure about that.
  I'm afraid I don't agree with you.

177 agree with ~ 同意

We agreed with her.
▷我們同意她的意見。

- 注意動詞過去式：
  agree – agreed

- agree 同意
  disagree 不同意
  She disagreed with this decision.
  （她不同意這個決定。）

- agreement 協議（名詞）
  come to an agreement 達成協議

178 have been to ~ 曾經去過

I have been to the amusement park twice.
▷我曾經去過那個遊樂園兩次。

聽說這次2年D班非常用心準備，所以我很期待呢！

等等到我們班去喝杯飲料吧！

在這之前，要不要去玩鬼屋？

好期待！

好！

咦？

我曾經去過那個遊樂園兩次，

但都沒有進去那間鬼屋……

鬼屋真的好可怕！

很刺激喔！

真是太可惜了！

咦？

學長，你喜歡鬼屋喔？

為什麼看起來很興奮？

沒錯！

而且我就是為了鬼屋，去了富士急樂園五次喔！

你是說那個以超恐怖鬼屋聞名的遊樂園？

什麼？

- have been to 曾經去過（表示經驗）
  Have you been to France?（你去過法國嗎？）

- have gone to 已經前往（表示動作）
  He has gone to France.（他已經前往法國了。）

- amusement park 遊樂園
  theme park 主題樂園
  riverside park 河濱公園

STEP 2 🔢179 □ over there　那裡

There is a ghost over there!
▷那裡有一個鬼！

天啊！

瑪莉亞的反應很有趣地！要是我們班開鬼屋，我就可以嚇你了。

呀啊！

救命啊！

啪

砰

沒聽見。

呀啊！

出現

這裡也有喔！

開心

呼

啊！

呼

- there 那裡
  here 這裡
  I don't want to stay here anymore.
  （我不想再待在這裡了。）

- There is ＋單數名詞
  There are ＋複數名詞
  There are a lot of ghosts over there!
  （那裡有好多鬼！）

學長！

那裡有一個鬼！

那裡！

那裡

絕對錯不了！

You can see the exit on your right
▷你可以在你的右邊看到出口。

還沒到出口嗎？

快到了，出口就在你的右邊喔！

癱軟

天啊！真的好恐怖……

看來你已經習慣我們有肢體接觸了呢！

抓緊手臂

咦？

啊！抱歉，我沒注意！

後退

為什麼要放開？

我們不是說好要牽手參觀校慶嗎？

！

抓緊

- exit 出口
  entrance 入口
  She can't find the entrance to the building. （她找不到這棟建築物的入口。）

- on ~ right = on ~ right-hand side
  on ~ left = on ~ left-hand side
  原句也可以表示為：
  You can see the exit on your right-hand side.

181 Welcome to ~.　歡迎來到……

Welcome to our café.
▷歡迎來到我們的咖啡店。

2年A班
復古咖啡店

你應該又累又渴了吧？

而且也差不多換我輪值了，我們回去咖啡店好嗎？

好。

Welcomo to our café.
（歡迎來到我們的咖啡店。）

- 當客人來到現場，可以直接說 Welcome! 表示歡迎。

- 若想邀請別人來訪，可以說：Please come by my house.

- Welcome to 的後面可加動詞或名詞（大多為地點）。
  Welcome to join us.（歡迎加入我們。）

182 What kind of ~? 哪一種？

What kind of tea do you have?
▷你們有哪一種茶？

麻煩給我一杯紅茶和一份甜點。

請問要哪一種紅茶？ 有四種口味可以選擇喔！

呃⋯⋯ 你們有哪一種紅茶？

大吉嶺、阿薩姆、伯爵和錫蘭。 每種都很不錯。

雖然每個名稱都聽過，卻不清楚口感上的差異⋯⋯

你不是想要吃甜點嗎？

那麼，我推薦搭配阿薩姆紅茶喔！

好啊！那就麻煩了。

- kind 種類
  one kind 一種
  many kinds 許多種
  one of a kind 獨一無二

- black tea 紅茶
  green tea 綠茶
  milk tea 奶茶

STEP 2

183 this one / that one　這個 / 那個

Which sweet do you like, this one or that one?
▷你喜歡哪一種甜點？這個還是那個？

好，那麼，甜點呢？

這個嘛

雖然這個看起來很好吃……

巧克力聖代
700円

但是莓果口味的聖代感覺也很不錯啊！

太難抉擇了！

啊！

嗯……

我喜歡這個口味。

學長，你喜歡哪種口味的聖代？

這個還是那個？

我嗎？

那麼，麻煩給我一份巧克力聖代。

- this / that 這個 / 那個
  these / those 這些 / 那些
  Which books do you like, these or those?（你喜歡哪些書？這些還是那些？）
- sweet 甜食（包含糖果、蛋糕等）

＊編註：700 日圓約為 189 臺幣。

191

184 Would you like to ~?　你願意……嗎？

Would you like to look around the school festival with us?
▷你願意和我們一起參觀校慶嗎？

- Would you like to look around
= Are you interested in looking around
原句也可以表示為：
Are you interested in looking around the school festival with us?

- school festival 校慶
sports day 運動會

STEP 2

185 ☐ ❤ not ~ yet　還沒有……

I have not finished eating yet.
▷我還沒有吃完。

瑪莉亞！

我臨時被叫去幫忙搬食材，可以請你再等我一下嗎？

好啊！

反正我也還沒有吃完，你就去吧！

謝謝你。

我馬上回來。

超級♥開心

今天不僅一整天都待在一起，還被稱爲「女朋友」！

眞是個好日子！

害羞

・yet 除了表示「尚未」，還有「迄今、然而」的意思。

・This will be the most classic movie yet.（這將成為迄今為止最經典的一部電影。）
She didn't know me, yet she was willing to do me a favor.（她不認識我，卻願意幫我的忙。）

186 go up to ~ 走向……

I went up to her.
▷我走向她。

- go up to ~ 走向……
  = approach
  原句也可以表示為：
  I approached her.

- go up 上升
  During the summer vacation,
  book sales go up slightly.
  （暑假期間，圖書銷量小幅上升。）

187 May I speak to ~? （電話裡）我可以和（某人）通話嗎？

May I speak to Mr. Brown, please?
▷請問我可以和伯朗先生通話嗎？

喂！
也太不湊巧了吧！

他說要去幫忙搬食材⋯⋯

呃⋯⋯有什麼事嗎？

「你知道路易在哪裡嗎？」

什麼？

她該不會想告白吧？

Hello?
May I speak to Mr. Brown, please?
（您好，請問我可以和伯朗先生通話嗎？）

我該怎麼辦呢？

其實，我和路易一起在學校裡擔任英語會話活動的志工。

現在有老師急著找我們。

所以我才會過來。

原來如此。

我可以打通電話嗎？

沒問題。

- 下列為常見的電話用語：

- 指名找某人（如原句）

- 接聽電話
  Hello, this is Alice speaking.（您好，我是愛麗絲。）

- 請對方等待
  Please hold on.（請稍等。）

❤188 tell ~ to ~ 告訴（某人）去（做某事）

Shall I tell him to call you back?

▷要我請他回電給您嗎？

Shall I tell him to call you back?
（要我請他回電給您嗎？）

OK.
（好的。）

Have a nice day, bye.
（祝您有個美好的一天，再見。）

她的英語會話
能力真好……

咦？

真好！
我和男朋友是遠
距離戀愛，久久
才能見一次面。

你們應該約好一起
參觀校慶了吧？

哇！
我大概聽懂
了一半！

聽力進步了！

那麼，
要不要一起
喝茶呢？

咦？

聽說，
你在和路易
交往？

是、
是的……

驚訝

- call someone 打電話給某人
  call someone back 回電話給某人
  get through 打通電話
  get through to someone 跟某人通
  上電話

- He's been calling Sally all morning
  but he can't get through.（他整個
  早上都在打電話給莎莉，但都打不
  通。）

189 on the phone 在電話上

I talk with him on the phone every day.
▷我每天都和他通電話。

・關於 phone 的其他片語：
make a phone call 打電話
get the phone 接電話
pick up the phone 接起電話
put the phone down 掛電話
phone it in 敷衍、交差了事

♥190 take a bath　洗澡

I sometimes call him while taking a bath.

▷我偶爾會在洗澡時打電話給他。

常常聊到忘記時間。

講很久的電話，我偶爾還會在洗澡時和他聊天。

而且我們每天都

別擔心，我和男朋友正在熱戀中喔！

不好意思讓你誤會了。

那個，請問夏威夷和日本的時差有多久呢？

天啊！19個小時！

19個小時喔！

路易的故鄉在紐約，所以時差是13小時，對吧？

沒錯！他暑假回去紐約的時候，我們幾乎很難找到時機通話。

而且因為時差，有時候連紀念日都會相差一天呢！

我懂！

- take a bath 洗澡（通常指泡澡）
  take a shower 洗澡（通常指淋浴）
  bathroom 廁所（通常指家用浴室）
  restroom 廁所（通常指公共廁所）

- People don't take showers in restrooms.（人們不在公共廁所裡洗澡。）

191 not ~ at all 一點也不……

I'm not tired at all.
▷我一點也不累。

對啊！

我們還交換了聯絡方式！

她說你們聊得很愉快？

我剛才有碰到她，

我剛才在和橋本學姐聊天，時間過得很快！

沒關係，過得很快！

不好意思讓你久等了！

瑪莉亞，

跟她說話會不會很累？

因為她是屬於很強勢的風格啊！

完全不會！

那就好。

真陸紅

心花怒放

我一點也不覺得累！

- not at all 也有「不客氣」的意思，等同於 You're welcome.。

- A: Thank you for helping with the party.（感謝你在派對上的幫助。）
  B: Not at all, I enjoyed it.（別客氣，我很享受。）

199

💜 192 Sounds good.　聽起來不錯。

Sounds good.
▷聽起來不錯。

我覺得學長
應該也會喜歡。

我想去3年A班
玩解謎遊戲。

現在換你來決定。

要去哪裡呢？
剛才你陪我去
了鬼屋。

那我們走吧！

Sounds good.
（聽起來不錯。）

好！

好像很有趣。

- 其他連綴動詞的說法：
  look 看起來
  taste 嚐起來
  smell 聞起來

- 連綴動詞＋形容詞
  She looks gorgeous.（她看起來
  美極了。）

- 連綴動詞＋ like ＋名詞
  The frozen banana puree tastes
  like ice cream.（冷凍香蕉泥嘗起
  來像冰淇淋。）

193 □ I'm afraid that ~. 恐怕……

I'm afraid that the angel is telling a lie.
▷恐怕天使在說謊。

・「恐怕」的其他說法：
I'm concerned that ~.
I'm scared that ~.
I fear that ~.

・tell a lie 說謊
tell the truth 說實話
原句也可以表示為：
I'm afraid that the angel is not
telling the truth.

❤194 someday （未來）某天、有朝一日

I want to go on a double date someday.
▷我希望哪天來場四人約會。

興奮

我是小咪的朋友伊藤瑪莉亞！

這位是……

請多指教。

這位是……

我的男朋友。

你們好，我是島崎。

眞希望某天可以來場四人約會！

雀躍 雀躍♡

害羞 害羞

我、我的男朋友路易學長。

請多指教。

結巴

你們好。

2年A班
復古咖啡店

・double date 兩對情侶約會（共四人）
　triple date 三對情侶約會（共六人）

・double bed 雙人床
　double pay 雙倍薪資
　The night shift workers get double pay.（夜班員工領雙倍薪資。）

195 have fun　玩得很開心

I had fun today, thank you.
▷我今天玩得很開心，謝謝你。

S高中校慶圓滿結束，各位辛苦了！

今年的校慶真是豐富又精采。

你也這麼覺得嗎？

沒錯！

I had fun today, thank you.
（我今天玩得很開心，謝謝你。）

一切都很順利！

So did I.
（我也是。）

天啊！！！

2年A班
復古咖啡店

• 「謝謝」的其他說法：
Thanks.
Many thanks.
Thank you very much.
I appreciate it.
I owe you one.

抓

？

196 What's wrong? 怎麼了？

What's wrong?

▷怎麼了？

我回來了！

你回來啦！

天啊！今天真是個完美的好日子！

咦？

不僅和學長相處一整天、被他稱作「女朋友」，還被他親吻手背！

開心♡

你怎麼了？為什麼看起來不太對勁？

咦？

真的嗎？

臉很紅耶！

其實，我只是因為害羞才臉紅啦！

但實在說不出口……

真的沒事嗎？

可能因為今天天氣太熱了吧！我先去休息嘍！

• 「有什麼問題嗎？」的其他說法：
What's the matter?
What's the problem?
Is there a problem?

197 have a cold 感冒

I was absent from school because I had a cold.
▷我因為感冒而缺課。

我本來以為只是害羞才臉頰發燙，沒想到居然真的感冒了！

嗶嗶

37.5℃

本來想在校慶結束之後，向學長提起有關DVD的約定……

看來又得延後了……

咦？學長？

你怎麼來了？

來探望你啊！

你沒來學校，我覺得好無聊。

瑪莉亞，你還好嗎？

- have a cold 感冒
  = catch a cold
  原句也可以表示為：
  I was absent from school because I caught a cold.

- flu 流行性感冒（為 influenza 的縮寫，動詞常用 get）
  I got the flu.（我得了流感。）

198 like A better than B 　喜歡 A 勝過 B

I like pudding better than jelly.
▷我喜歡布丁勝過果凍。

等等！我現在穿著睡衣，而且還滿身是汗啊！

媽怎麼這樣！

今天可以趁著這個機會參觀瑪莉亞的房間呢！

啊！

瑪莉亞，你喜歡吃布丁，還是果凍？

咦？

慌慌張張

擦汗？

這個嘛……我喜歡布丁勝過果凍。

原來如此。

我記住了。

而且我買了兩人份，我們一起吃吧！

什麼？

我來餵你。

其實，因為不知道你喜歡哪一個，所以我都買了。

祝你早日康復！

天啊！

謝謝！

- like A better than B 喜歡 A 勝過 B
  = prefer A to B
  原句也可以表示為：
  I prefer pudding to jelly.

- 各種點心的說法：
  marshmallow 棉花糖
  doughnut 甜甜圈
  brownie 布朗尼
  sundae 聖代

STEP 2

199 ☐ **sit on ~** 　坐在⋯⋯之上

He sat on the bed.
▷他坐在床上。

- 注意動詞過去式：
  sit – sat

- 關於 sit 的其他片語：
  sit up　坐直
  sit down　坐下

- 如果要請人找位置就坐，可以說：
  Have a seat.（隨意）或
  Please be seated.（正式）

200 It says that ~. 據說……

It says that this can cure a cold.
▷ 據說這方法可以治療感冒。

「據說」的其他說法：
It is said that ~.
They say that ~.
People say that ~.

Prevention is better than cure.
（預防勝於治療。）

令人怦然心動的
看漫畫學英文片語300

STEP 3

英文片語 201~300

瑪莉亞透過學英語獲得了什麼呢？樂趣？成就感？

❤201 say to oneself　對自己說

I said to myself, "What's happening?"

▷我對自己說：「發生了什麼事？」

STEP 3

不⋯⋯不會吧！

發生了什麼事？

因為「據說可以治療感冒」⋯⋯

所以現在⋯⋯

天啊！
是不是要暫時停止呼吸？

超級僵硬

嘴巴該怎麼做？眼睛該看哪裡？我該怎麼辦才好？

要接吻嗎？

快瘋了！

- 注意動詞過去式：
say－said

- 各種反身代名詞的說法：
myself 我自己 / yourself 你自己
himself 他自己 / herself 她自己
ourselves 我們自己
yourselves 你們自己
themselves 他們自己

202 ♥ with a smile 帶著微笑

He talked to me with a smile.
▷他帶著微笑跟我說話。

叩

咦?

瑪莉亞慌張的樣子，真的好可愛。

噗……哈哈!

?

啊……虧我還很期待呢!

只不過，我的心臟可能會無法負荷……

撲通

撲通

撲通

撲通

其實，剛才是故意捉弄你的。

抱歉，讓你緊張了。

因為你今天沒上學，所以一看到你，就忍不住想開個玩笑。

・「笑」的各種說法：
smile 微笑
smirk 得意的笑
grin 露齒而笑
chuckle 輕聲的笑
giggle 咯咯傻笑
laugh 大笑

・I tried not to laugh. （我努力止住大笑。）

203 next time　下次

He may kiss me next time.

▷下次他可能會吻我。

我該回家了。

看到你的氣色不錯，我就放心了。

對了，謝謝你帶了布丁和果凍給我。

尚未從害羞情緒中恢復過來的瑪莉亞。

微笑

天啊！

你說什麼？

下次，

我們真的接吻吧！

- 關於 next 的其他片語：
  next-door 隔壁的
  next-best 僅次於……的
  next up 接下來
  next-level 非常好的
  next to last 倒數第二的

212

grow up　長大

STEP 3 204

I want to be a wonderful woman when I grow up.
▷我長大後想成為一個很棒的女人。

- woman 女人（單數）
  women 女人（複數）
  man 男人（單數）
  men 男人（複數）

- grow up 長大成人（後面不加任何文字）
  grow 成長（常用於說明植物、毛髮、人口等的增長）
  She finally grew her hair long.（她終於把頭髮留長了。）

205 at the same time　同時

I can do two things at the same time.
▷我可以同時做兩件事。

小咪，早安！

早！

你能在期中考前康復真是太好了！

就是說啊！

考試準備得如何？

我覺得英語應該沒問題。

其他科目就沒把握了。

一邊讀書，一邊談戀愛，真讓人手忙腳亂對吧？

我甚至退掉補習班了。

是嗎？

瑪莉亞，你和學長談戀愛後真是獲益良多啊！

以前你連雞毛蒜皮的小事都要我幫忙呢！

這是在誇獎我嗎？

我反而為了達成和學長的約定，每天都更努力學英語呢！

• 關於 time 的其他片語：
all the time 總是
at no time 絕不
ahead of time 提前
every time 每次
in no time 很快、馬上
take one's time 慢慢來

206 ❤ make a mistake　犯錯

I didn't want to make a mistake on the English test.
▷我不想在英語考試中出錯。

- 「考試」的相關片語：
  take a test 參加考試
  give a test 進行考試
  pass the test 考試及格
  fail the test 考試不及格

- He failed the test this time.
  （他這次的考試不及格。）

207 find out ～　　找到

I found out the right answer.
▷我找到了正確答案。

啊！對啦！
這裡不是「get up」，
應該是「wake up」。

這個不是「more than」，
而是「better than」。

結果我雖然記住了所有的片語，

卻沒有好好釐清它們彼此之間的差異。

下次一定要拿滿分！

既然已經找出問題的癥結點……

好！

絕對要讓學長跌破眼鏡！

鬥志↑

・get up → 起床　起身

・wake up → 醒來　睜眼

・more than → 比較數量

・better than → 比較能力

所以說，光是把片語背熟並不夠，

還必須牢記使用的場合和時機才行。

・注意動詞過去式：
　find – found

・這裡的 find out = get
　原句也可以表示為：
　I got the right answer.

・right 正確的
　wrong 錯誤的

216

STEP 3 · 208 by oneself　獨自

I want to go to New York by myself someday.
▷總有一天，我想要獨自去紐約。

- 「獨自」的其他說法：
  on one's own
  alone

- He doesn't mind having dinner on his own.（他不介意獨自吃晚餐。）
  She decided to go shopping alone.
  （她決定獨自去逛街。）

209 communicate with ~ 　和……溝通

I can communicate with people from other countries.
▷我可以和來自其他國家的人溝通。

稍微休息一下吧！

呼！

不過，我好像越來越主動去學英語了呢！

眞是不可思議！

不久之前，我居然還用英語為外國人指路。

雖然在期中考遇到了一點小挫折，可是，我還是很喜歡學英語。

因爲能夠用英語和外國人溝通，才是最有趣的事情。

- 「溝通」的方式還有：
  sign language 手語
  body language 肢體語言

- country 除了表示「國家」，也有「鄉下」的意思。
  We spent our summer vacation on a farm in the country.（我們在鄉下的一個農場度過暑假。）

210 far away 遠方

STEP 3

I want to travel somewhere far away with him.
▷我想要和他一起去遠方旅行。

英國

例如……

如果我的英語變得更好，除了可以和學長去紐約，

還可以去其他更遙遠的英語系國家！

嗯……還有什麼國家呢？

因為地理知識不足，沒辦法繼續做白日夢了……

看來該加強關於這方面的知識了……

我的世界地圖跑去哪了？

- travel 旅行
  = take a trip
  原句也可以表示為：
  I want to take a trip somewhere far away with him.

- somewhere 某地
  everywhere 到處
  anywhere 任何地方

219

211 come out of ~ 從（某處）出來

Mr. Kawada came out of the classroom.
▷川田老師從教室裡出來。

路易學長

會是什麼事情呢？

我有事情找你，可以到中庭碰面嗎？

噠噠
噠噠

天啊！

嘎啦

原來是教英語的川田老師。

嚇我一跳！

哇！

伊藤同學，不要在走廊上奔跑！

對不起！

- come out of ~ 也有「從……中產生」的意思。
  Nothing came out of all these meetings.（所有這些會議都沒有產生任何結果。）

- come up with ~ 想出……
  Have you come up with any ideas?（你有想到任何點子嗎？）

❤️ 212 go away　離開

STEP 3

> **I went away from him.**
> ▷我從他身邊離開。

對了，我想和你聊一下這次期中考的事情。

咦？

我知道你最近很認真學英語，可是期中考是怎麼回事？

你幾乎都錯在不該錯的地方呢！例如片語那大題，你根本沒有弄懂它們之間的差異，還有……

川田老師似乎會講很久呢……

滔滔不絕

我只是因為之前感冒，影響到考試狀態而已，請不用擔心！

匆忙離開

咦？

伊藤同學！我的話還沒說完……

抱歉，我有急事！

- go away 也有「消除」的意思。
  Will the blister go away?（水泡會消除嗎？）

- get away 離開（有逃離的意思）
  The thief got away with the jewles.（小偷帶著珠寶離開了。）

221

❤213 make a speech　發表演說

He was making a speech in English.
▷他正在用英語發表演說。

學長！

抱歉，突然把你叫出來。

沒關係。

你看，我今天拿到之前去參加英語辯論大賽的影片了。

你要看嗎？

！

當然要！

那個……學長說話的速度太快了，我有一半都聽不懂……

至少聽懂了一半啊！

心動♡

哇！學長好厲害！

心動♡

- make a speech 發表演說
  = give a speech
  原句也可以表示為：
  He was giving a speech in English.

- speech 演講、講稿
  speaker 演講者、喇叭
  keynote speaker 主講人

214 be proud of ~　為……感到驕傲

STEP 3

You should be proud of your ability.
▷你應該為自己的能力感到驕傲。

學長有得名嗎？

有啊！

太厲害了！

我從出生到現在都還沒得過獎呢！

做什麼事都笨手笨腳的……

而且校慶的海報也大獲好評呢！

這麼說……

我是不是根本配不上學長？

怎麼會？你的繪畫能力很棒呀！

我覺得你應該為自己的能力感到驕傲喔！

- be proud of ~ 為……感到驕傲
  = feel proud of ~
  原句也可以表示為：
  You should feel proud of your ability.

- ability 能力
  skill 技能
  talent 才華、天分

223

215 at the end of ~ 在⋯⋯的最後

Halloween is at the end of this month.
▷萬聖節是在這個月底。

瑪莉亞，你這個月底有空嗎？

這個月底？應該有吧！

學長說的那番話讓我好感動喔！

對了。

啊！

你猜猜看，這個月底有什麼節日？

呃⋯⋯啊！

萬聖節！

答對了。

- at the beginning of 在⋯⋯的開始
  I always buy a few pairs of socks at the beginning of the year.（我總是在年初買幾雙襪子。）

- in the middle of 在⋯⋯的中間
  Our company was in the middle of the ranking.（我們公司列於排名中間。）

216 each of ~ 每個

Each of the children brings a basket.
▷每個孩子都帶著籃子。

美國的萬聖節好像很有趣吔！

對呀！

不過，和日本的文化有點不同。

日本的萬聖節像是一場大家都可以參加的祭典。

而美國的萬聖節是專屬於小孩子的活動。

咦？

Trick or Treat!

Trick or Treat!

在美國，每個孩子都會在萬聖節當天帶著他們的籃子挨家挨戶的要糖果。

有些孩子會打扮得很可愛。

有些孩子則會貪心的提著很大的籃子。

完全可以看出孩子的個性。

哇！

真想體驗看看！

· each of ＝ each，但用法上有些許差異。

· each of ＋ the ＋複數名詞＋單數動詞

· each ＋單數名詞＋單數動詞
原句也可以表示為：
Each child brings a basket.

🖤217 soon after ~　不久之後

I sent him a message soon after the school festival.
▷校慶結束後不久，我就傳訊息給他了。

其實，我已經和島崎交換了聯絡方式。
校慶結束後不久，我就傳訊息給他了。

咦？

要不要和小咪他們來場四人約會呢？

那麼，萬聖節的時候，

小咪的男朋友

後來還變成了好朋友。

因為我們都很喜歡籃球。

最近，我們剛好聊到關於萬聖節的計畫。

太棒了！我本來就很期待可以四個人一起玩耍！

你的反應好有趣

好開心！
好興奮！
好玩耍！

・after 和 soon after 都表示「之後」，但是後者有強調「馬上、立刻」的意思。

・Dorothy got a job after she graduated from college.（桃樂絲大學畢業後找到了一份工作。）
Dorothy got a job soon after she graduated from college.（桃樂絲大學畢業後不久就找到了一份工作。）

218 ~ than before　比以前更……

I like English more than before.
▷我比以前更喜歡英語了。

啊！

就是說

好期待萬聖節喔！

聖節喔！

小咪！

你聽說萬聖節的事了嗎？

剛才島崎傳訊息給我了，簡直嚇我一跳！

對吧！

絕對要成行！

真是太棒了！

我們之後可以四個人一起到國外約會喔！

也許，

其實，我最近也開始加強英語了。

託學長和瑪莉亞的福，

我比以前更喜歡英語了！

- more than 大於、多於
  less than 小於、少於
  I like jogging less than I used to.
  （我沒有以前那麼喜歡跑步。）

- 比較級＋ than before
  This city is cleaner than before.
  （這座城市比以前乾淨。）

219 Good luck.　祝你好運。

Good luck.
▷祝你好運。

- luck 運氣
  good luck 好運
  bad luck 厄運
  lucky 好運的

- 「祝人好運」的其他說法：
  Best of luck.
  Break a leg.
  All the best.

228

220 look up 仰望

When I looked up in the sky, it began to rain.
▷當我仰望天空時，開始下雨了。

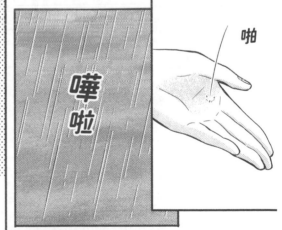

- look up to 敬佩
  I've always looked up to my mother.（我一直都很敬佩我的母親。）

- look down on 輕視
  Everyone looked down on Billy because he always screwed up.（因為比利經常搞砸事情，所以大家都輕視他。）

🖤 221 after a while　過了一會兒

After a while, we started to walk.

▷過了一會兒，我們就開始走了。

- in a while 一會兒（短時間內）
  It'll probably start raining in a while, so we should leave now.（過會兒可能會開始下雨，所以我們應該現在離開。）

- for a while 一陣子（持續一段時間）
  My sister stayed with me for a while last month.（我姐姐上個月在我家待了一陣子。）

222 continue to ~ 繼續

I continue to study English.
▷我繼續學習英語。

撲通

什麼？

你上次說聽懂了一半的演講，所以你也加強了英語聽力嗎？

對了。

天啊！共撐一把傘！

真想拍張照片留作紀念！

沒錯！

其實，我最近在英語聽力下了很多功夫喔！

為了達成目標，我一直持續加強英語。

而且我最近覺得學習英語是一件很快樂的事情！

- continue to ＋原形動詞
  ＝ continue ＋動詞 ing
  原句也可以表示為：
  I continue studying English.

- 「繼續」的其他說法：
  keep on
  go on
  carry on
  以上三者都接動詞 ing。

231

❤ 223 □ smile at ~　　對……微笑

He smiled at me.
▷他對我微笑。

這麼認真學習英語的瑪莉亞，

咦？該不會要在馬路上……

我很喜歡。

撲通

！

是嗎？

真了不起！

- 注意動詞過去式：
  smile – smiled

- smile on ~ 垂青
  God smiled on me and I got the job.（老天眷顧我，讓我得到了工作。）

- laugh at ~ 嘲笑
  Stop laughing at her. It's really mean.（別再嘲笑她了。這真的很惡劣。）

你又在胡思亂想什麼？

輕拍

接吻？

撲通

撲通

！！

STEP 3 · 224 be made of ~ 以……做成的

This decoration is made of cloth.
▷這個裝飾品是用布料做成的。

- 注意動詞過去式：
  make – made

- be made of 由……製成（過程中原料本質不變）
  The desk is made of wood.（這張桌子是由木頭製成的。）

- be made from 由……製成（過程中完全改變原料本質）
  Wine is made from grapes.（葡萄酒是由葡萄製成的。）

225 again and again 反覆

I took deep breaths again and again.
▷我反覆深呼吸。

他爸媽不在家？

!!?

撲通

明天我爸媽不在家，所以你方便的話，隨時都可以過來。

對了，

她的內心好像很激動。

吸氣

吐氣

撲通
撲通

吸氣

吐氣（深呼吸）

冷靜下來！否則學長一定會覺得我是個奇怪的女生！

我知道了。

雨停了，我該回家了。那麼，明天見。

- 注意動詞過去式：
take – took

- breath 呼吸（名詞）
breathe 呼吸（動詞）
take a deep breath 深呼吸

- again and again 反覆
= repeatedly
原句也可以表示為：
I took deep breaths repeatedly.

226 for a while　一陣子

I couldn't ring the doorbell for a while.
▷我好一陣子都無法按下門鈴。

隔天

終、終於來到學長家了!

等、等一下。

今天再看卻感覺完全不一樣。
雖然昨天才看過這個大門,

我的服裝還好嗎?
會不會太正式?

天啊!
緊張得無法按下門鈴!

- ring the doorbell 按門鈴
  knock on the door 敲門

- for a while 一陣子
  = for a moment
  = for a minute
  = for a second
  原句也可以表示為:
  I couldn't ring the doorbell
  for a moment.

227 A as well as B　A 和 B

I like dogs as well as cats.
▷我喜歡狗和貓。

- 類似 as well as 的其他用法：

- not only ~ but also ~
不只……也……
I like not only dogs but also cats.（我不只喜歡狗，也喜歡貓。）

- in addition to ~ 除了……
In addition to dogs, I also like cats.（除了狗之外，我也喜歡貓。）

228 How old ~? 幾歲？

How old is she?
▷牠幾歲？

因為除了散步之外，牠幾乎都待在室內，而且也不會胡亂吠叫。

真乖！

這是我家的豆柴瑪琳。

我第一次知道學長家有養小狗。

瑪琳幾歲了呢？

我們是從回來日本的那天開始養牠，所以牠現在已經四歲了。

- How old ~? 幾歲？
  = What's someone's age?
  原句也可以表示為：
  What's her age?

- 回答年齡的說法：
  數字＋year(s) old（或只回答數字）
  She is four (years old).（牠四歲。）

❤229 such as ~　例如

I wanted to ride a big dog such as a golden retriever or a husky.
▷我想要騎大型犬，例如黃金獵犬或哈士奇。

對了，我們在美國有養一隻黃金獵犬喔！

在祖父家。

是大型犬吧！

哇！

我小時候，一直很想騎在大型犬的背上，例如黃金獵犬或哈士奇。

哈哈！我也有過一樣的想法。

而且我小時候真的有騎過。

哇！

我想看！你有那時候的照片嗎？

待會拿給你。

太好了！

- ride a big dog 騎大型犬
  ride a horse 騎馬
  ride a donkey 騎驢
  ride a mule 騎騾子

- such as ~ 例如
  = like
  原句也可以表示為：
  I wanted to ride a big dog, like a golden retriever or a husky.

230 run away　跑走

She ran away when I tried to touch her.
▷當我試圖摸牠時，牠就跑走了。

躍躍
欲試

那個，我可以摸摸瑪琳嗎？

我很喜歡動物，可是因為我媽對動物過敏，所以家裡不能養寵物……

咻

啊！

失望

探頭

瑪琳很害羞，所以通常不會讓初次見面的人摸牠。

- 注意動詞過去式：
  run – ran

- when 除了放在句子中間，也可以置於句首，且兩句之間必須加上逗號。因此，這句話也可以用 When I tried to touch her, she ran away. 來表示。

- 關於 away 的其他用法請參見第 221 頁。

231 right now　現在

Let's walk the dog right now.
▷我們現在去遛狗吧！

- walk the dog 遛狗
  = take the dog for a walk
  原句也可以表示為：
  Let's take the dog for a walk
  right now.

- 關於 walk 的其他片語：
  take a walk 散步
  go for a walk 散步
  walk on eggshells 戰戰兢兢

232 Come on. 加油。

Come on!
▷加油！

等、等一下，瑪琳！

汪！
汪！

狂奔

我已經快不行了，好想坐著休息……

氣喘 呼呼

Come on, Maria!
（加油，瑪莉亞！）

力盡

學長，快讓瑪琳停下來……

筋疲

汪！汪！

- 「替人打氣」的其他說法：
  Hang in there.（撐住。）
  You got this.（你可以的。）
  You can do this.（你做得到。）
  You're almost there.（你快成功了。）

233 get angry 生氣

I got angry with him.
▷我對他生氣。

- get angry with ~ 對……生氣
  = get mad at ~
  原句也可以表示為：
  I got mad at him.

- 其他情緒的說法：
  surprised 驚訝的
  excited 興奮的
  peaceful 平靜的

片語解析專欄

get angry 之後要接 with 還是 about？

瑪莉亞

學長，雖然 **get angry with** 和 **get angry about** 都是「對……生氣」的意思，可是我不太清楚要如何分辨它們之間的差別吔！

這很簡單，只要記住 **get angry with** 用在對「人」生氣的時候，而 **get angry about** 則是對「事物」生氣，就不會搞混了。

路易

瑪莉亞

那麼，「我對他生氣。」的英文是 **I got angry with him.**；「我對他說的話感到生氣。」則是 **I got angry about his talk.**，這樣嗎？

沒錯。另外，除了 **get angry** 之外，還可以用 **be angry** 來表達「處於生氣的狀態」。

路易

瑪莉亞

所以說，**I am angry with him.** 代表「我正在生他的氣。」太好了，我終於弄懂了！

瑪莉亞，你放心。
我會盡可能不惹你生氣。

路易

瑪莉亞

我的脾氣可是很好的！
通常是這樣啦……

234 wake up 醒來

I woke up at five o'clock this morning.
▷我今天早上五點醒來。

- wake someone up 叫醒某人
  Please wake me up tomorrow
  morning.（明天早上請叫我起床。）

- wake up to something 意識到某事
  When will you wake up to the fact
  that you need to find a new job?
  （你何時才會意識到你需要找一份新
  工作？）

235 take part in ~　參加

My parents are taking part in a wedding.
▷我的父母正在參加婚禮。

今天

你爸媽去哪裡？

剛才帶瑪琳散了步，
應該稍微放鬆了吧？

就算這樣，
還是很緊張。

我去拿飲料。

而且要結婚了？

學長居然有姐姐？

咦？
我沒說過嗎？

啊！

他們去參加我姐姐的婚禮了。

他們應該會很晚才回來，因為他們和姐姐的感情很好。

！！！

- take part in 參加（一般會參與討論或活動安排等）
  attend 參加（單純出席）

- wedding 婚禮
  wedding ceremony 結婚儀式
  wedding banquet 喜宴

236 away from ~　離……遠

Her house is two stations away from here.

▷她家離這裡兩個車站遠。

姐姐和我差了十歲。

她和學長長得很像嗎？

我想看看她的照片！

絕對是個美人！

嗯……家裡似乎有相簿。

她家離這裡兩個車站遠，因為沒有住在一起，所以我和她並不是很親近。

原來如此。

那麼，我去準備蛋糕和找相簿，你就先到我房間等我吧！二樓的最後一間。

好。

相簿？

我要看！

好啦！

- stay away from ~ 遠離某人事物
  My father asked me to stay away from Michael.（我父親要求我遠離麥可。）

- 數字＋名詞／長度單位＋ away，表示「距離……遠」。
  five blocks away 五個街區遠
  two miles away 兩公里遠

237 more and more　越來越……

I'm getting to like him more and more.
▷我開始越來越喜歡他了。

他很符合他的形象！
他的房間好乾淨！

終於來到學長的房間了！

嘎啦

撲通 撲通

心動♡

他居然把畫裱框起來了。

這個

是我在學長生日時送給他的似顏繪！

・get to ＋原形動詞，表示「開始進行某事」。
He's getting to know her.（他開始了解起她了。）

・get to ＋地點，表示「抵達某處」。相關用法請參見第 75 頁。

238 both of ~　　兩個都

I want to watch both of them.
▷我兩個都想看。

那麼，

謝謝招待！
是草莓！

啪

現在來看《戀之花》的番外篇DVD吧！

那個，

正規內容和番外篇的DVD，我兩個都想看。

咦？兩個都看嗎？

會花很長時間喔！

我想和學長一起看全部的內容！

這樣才能互相分享心得⋯

啊！還是先看剛才提到的相簿好了。

結果你比較想看相簿嗎？

炯炯有神

- one of 其中一個
  I want to watch one of them.（我想要看其中一部。）

- all of 全部
  All of her five kids are boys.（她的五個孩子全都是男生。）

- none of 沒有一個
  None of us liked the dinner.（我們沒有一個人喜歡這頓晚餐。）

239 pick up ~   把……撿起來

I picked up the book.
▷我把書撿起來。

- pick up 也有「接送、學會」的意思。

- Can you help me pick up the children after school?（你可以幫我接孩子放學嗎？）
She picked up a little English while traveling in Australia.（她在澳洲旅行時學會了一點英語。）

240 be over　結束

His high school life will be over next year.
▷他的高中生活將在明年結束。

- elementary school 國小
  junior high school 國中
  high school 高中
  = senior high school
  university 大學

- be over = end = come to an
  end = finish

- 玩遊戲時若看到 Game over.，
  代表「遊戲結束」。

❤243 go abroad　出國

He is planning to go abroad after he graduates.
▷他打算畢業後出國。

我想要繼續升學，所以看了很多大學簡章。

不過，

我後來打算到國外讀大學。

這樣啊……

什麼？

因為我有興趣的日本大學不多，而且大部分學校的門檻都很高。

- plan 計畫（可以作為動詞和名詞）

- go abroad 出國
  study abroad 留學
  His plan is to study abroad after he graduates.（他的計畫是畢業後去留學。）

♥244 even if ~ 即使

We will be OK even if we are far apart.
▷即使我們相距遙遠，我們也會沒問題的。

不過，我認為，

即使是遠距離，只要是跟瑪莉亞一起度過，就絕對沒問題。

學長能這麼說，真是太好了！

雖然分離會感到傷心和寂寞，但我們一定可以克服的！

沒錯！

- even if 即使（表示假設情況）

- even though 雖然……但是……
  （表示既定事實）
  Even though the test was easy, Eric still didn't pass.（雖然考試很簡單，但是艾瑞克仍然沒有通過。）

245 throw away ~　扔掉

I threw away the button that was second from the top on my uniform.
▷我扔掉了我制服由上往下數的第二顆鈕扣。

那麼，

我現在可以先和學長預約你制服上的第二顆鈕扣嗎？

除了你以外，我不會給其他人。

不過，國中的時候，我因為不想陷入為難的處境，就把第二顆鈕扣扔掉了。

突然想起。

咦？

!

・注意動詞過去式：
throw – threw

・second from the top 由上往下數的第二個
third from the bottom 由下往上數的第三個

246 in this way　用這種方式

Please throw your second button in this way.
▷請用這種方式拋出你的第二顆鈕扣。

路易的國中畢業典禮

路易學長！

你居然把第二顆鈕扣扔掉了？

沒錯，因為我實在不想看到一群女生為了一顆鈕扣吵架。

萬頭攢動

那個，你可以用這種方式拋出制服的第二顆鈕扣嗎？

真恐怖……

以後再也見不到學長了。

請跟我們大家說說話吧！

投擲方式

背對大家，閉上眼睛，拋出鈕扣

學長

我們

· throw 丟
　catch 接
　I jumped up to catch the ball.
　（我跳起來接球。）

· in this way 用這種方式
　in that way 用那種方式
　in another way 用其他方式

什麼？

抱歉。

我已經把第二顆鈕扣扔掉了。

他對我們說日語也！♡

247 learn to ~　學會

I learned to skateboard when I was five.
▷我五歲時學會了滑板。

當然好啊!

現在來看相簿吧?

聊聊以前的回憶還真有趣,

太、太可怕了。

萬人迷也有痛苦的時候。

踩在滑板上的學長好可愛喔!♡

路易五歲
熱衷玩滑板

天啊!我都差點忘了五歲時,我有多麼喜歡玩滑板了。

超級可愛!

好懷念。

- learn of 得知某個消息
  I learned of the accident from one of my friends.（我從一位朋友那裡得知了這起事故。）

- learn from 從……記取教訓
  I hope that he'll learn from his mistakes.（我希望他能從錯誤中記取教訓。）

248 not as ~ as ~　不像……那樣……

I cannot play the piano as well as my sister.
▷我的鋼琴不像姐姐彈得那樣好。

我的鋼琴不像姐姐彈得那樣好

那時候我姐姐正在學鋼琴，所以我也跟著學了四年。

啊！照片中的你正在彈鋼琴吔！

今天知道了好多有關學長的事，真高興！

開心 開心

那麼，學長的鋼琴彈得如何？

不像我姐姐彈得那樣好。

好酷！

路易與姐姐的合照

啊！是學長的姐姐。

果然是美人！

- play the ＋樂器，表示「演奏……」。
  play the guitar 彈吉他
  play the violin 拉小提琴
  play the flute 吹長笛

- as ＋形容詞／副詞＋ as，表示「和……一樣」。
  I am as tall as my sister.（我和我姐姐一樣高。）
  He runs as fast as Adam.（他跑得和亞當一樣快。）

258

249 not only A but also B　不僅 A，而且 B

He speaks not only English but also French.
▷他不僅會說英語，還會說法語。

啊！

這裡是法國嗎？

你曾說在那裡待了半年。

那是凱旋門。

沒錯。

學長不僅會說英語，還會說法語，真厲害！

好羨慕喔！

對了，我想聽學長說法語！

我連日語都說得亂七八糟的……

要多努力啊！

Je ne sais pas quoi dire.
（我不知道要說什麼。）

有那麼開心嗎？

心動♡

什麼？

- not only A but also B 不僅 A，而且 B
　= A as well as B
　原句也可以表示為：
　He speaks English as well as French.

- 相關用法請參見第 236 頁。

259

250 long ago　很久以前

A baron lived in the house long ago.
▷很久以前，一位男爵住在這棟房子裡。

對了，

我們在法國的家，以前好像是一位男爵的別墅，所以裝潢非常豪華。

天花板還有水晶吊燈呢！

男爵？

好像漫畫裡的世界喔！

真想去看看！

不過，

聽說那裡有幽靈出沒喔！

咦？

那你們還敢住在那裡？！

因為那只是傳聞而已啦！

・注意動詞過去式：
live – lived

・其他貴族頭銜的說法：
公爵 duke
侯爵 marquis
伯爵 earl
子爵 viscount
以上由位階高至低排序。

251 take out ~ 拿出

He took out the DVD from the case.
▷他從箱子裡拿出 DVD。

相簿看得差不多了吧？

你也看得太認真！

那個……

下次來的時候再繼續看吧！

天快黑了。

！

「下次」！

下次一定要再讓我看喔！

好！

以後還可以來學長家吧！

那麼，要開始看DVD了嗎？

啪

• take out 拿出
put in 放入
My mother had me put the dirty clothes in the washing machine. （我媽媽要我把髒衣服放進洗衣機。）

• case 盒子
pencil case 鉛筆盒
briefcase 公事包
pillowcase 枕頭套

252 □ go around ~ 四處走走

They went around the town.
▷他們在鎮上四處走走。

番外篇 DVD
觀賞中

就算只是牽著手在這個城鎮四處走走，也覺得有點害羞呢！

對啊！

原來番外篇的 DVD，是在描述他們交往後的生活啊！

哇！

心動♡心動♡

在熱戀中呢！

兩個人看起來

- travel around 四處旅遊
  Mike will travel around the world someday.（麥可有一天會環遊世界。）

- town 城鎮
  village 村落
  city 城市

俯身向前

入戲

這裡是他們最初相遇的地方！手牽手散步真是太浪漫了！

253 too ~ to ~ 太……而無法……

It's too difficult for me to understand.
▷（她說的話）對我來說太難理解。

我……

一直

都很喜歡你！

什麼？

為什麼？

讓人受不了！

因為氣氛實在太浪漫了，

超級♡心動

正規內容改編的DVD也好精采啊！

天啊！

其實，我也對你……

啊！

先暫停一下！

- too 還表示「也、太」。
  He likes drinking coffee, too.
  （他也喜歡喝咖啡。）
  My bag is too heavy.（我的包包太重了。）

- too ~ to ＋原形動詞
  ＝ so ~ that ＋句子
  原句也可以表示為：
  It's so difficult that I can't understand.

254 look around ~ 環顧四周

I looked around his room.
▷我環顧了他的房間。

哇！真是太好看了！

他們剛才聯絡我了。

我爸媽快到家嘍！

咦？

時間已經這麼晚了啊！

其實，我每次看到這幅畫都覺得很有活力喔！

謝謝你還特地把這幅畫裱框起來。

真的嗎？

環顧四周

回家之前，再仔細看看學長的房間吧！

對了！

- look around 也表示「參觀」。
  Shall we look around the castle this morning?（我們今天早上參觀城堡好嗎？）

- room 房間
  bedroom 臥室
  bathroom 浴室
  living room 客廳
  dining room 飯廳

255 prepare for ~　準備

He'll prepare for the entrance exams next year.
▷他將準備明年的入學考試。

今天謝謝你的招待，抱歉打擾了那麼久。

別這麼說，歡迎下次再來。

今天聽了好多學長以前發生的事情。

真開心！

明年開始，我就要準備大學的入學考，可能沒辦法常常陪伴你了。

不過，幸好我們就住在隔壁。

是啊……

- prepare 準備（指準備提供某樣東西）
  My father is preparing lunch for us.（我爸爸正在準備午餐給我們吃。）

- prepare for 準備（指為了某事而準備）
  The students are preparing for the test.（學生們正在為考試做準備。）

256 get out of ~　下車

STEP 3

His parents got out of the taxi.
▷他的父母下了計程車。

轟

啪

咦？

慌張

那個，不好意思，我先走了！

呵呵！

嚇

啊！

瑪莉亞，你好啊！

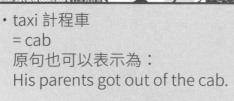

- taxi 計程車
  = cab
  原句也可以表示為：
  His parents got out of the cab.

- take a taxi 搭計程車
  hail / get a taxi 攔計程車

剛才和學長擁抱的樣子被看見了嗎？

伯母，您好！

撲通

撲通

266

257 call ~ back 回（某人）電話

I'll call you back later.
▷我稍後回你電話。

學長的父母肯定看到剛才的畫面了吧？

瑪莉亞，你真是太丟臉了！

瑪莉亞？

小咪，你聽我說……

等一下！

小咪
撥號中

鈴鈴鈴鈴鈴

音訊

咦？

我剛洗完澡，現在不方便說話。

等我吹乾頭髮再回你電話。

今天我們什麼事都沒有發生，除了最後的擁抱之外……

因為我太沉醉在DVD裡了……

不過，她到底在期待什麼呢？

要一五一十的告訴我細節喔！

啊！掛斷了。

嘟

- later = in a few minutes = in a little while

- 說明「會盡快回覆」也可以說：
I'll get back to you soon.
這句話也適用於非電話形式，例如 email 或 Line 等通訊軟體。

258 half of ~　一半

I lent him half of the comic books that I have.
▷我把我擁有的一半漫畫書借給他。

什麼嘛！原來什麼事都沒發生喔？

只有回家前抱了一下。

這麼說也對。

不過，學長居然會買DVD來看，還真是意外。

而且還是少女漫畫。

學長果然受到了瑪莉亞影響啊！

結果我們太熱衷於討論漫畫，反而一點浪漫氣氛都沒有……

原來如此。

因為我把我擁有的一半漫畫書都借給學長看了。

瑪莉亞收藏的漫畫

那麼多？

- lend 借出（過去式為 lent）
  borrow 借入
  原句也可以表示為：
  He borrowed half of the comic books that I have.

- 分數的說法：
  1/2 = a half
  1/3 = a third
  1/4 = a quarter
  2/3 = two thirds

259 depend on ~ 依靠

You can depend on me.
▷你可以依靠我。

對了，萬聖節約會要穿什麼？

如果穿得太浮誇，會不會顯得很奇怪？

不會吧！

感覺大家都會在那天盛裝打扮。

說的也是。

那麼，要去哪裡買衣服？哪間店會賣誇張的服飾呀？

嗯……

吸血鬼？
狼人？
惡魔？
海盜？

要幫學長挑什麼樣的衣服呢？♡

撲通

撲通

服裝的事就交給我吧！
我會上網找找看的！

我找到後再聯絡你。

好。

謝謝！

- depend on = count on = rely on

- dependent 依賴的
  Sarah is still dependent on her parents now. （莎拉現在仍然依賴她的父母。）

- independent 獨立的
  As an adult, he should be more independent. （身為成年人，他應該更獨立。）

260 ❤ at the age of ~　　……歲時

I dressed up as a princess at the age of five.
▷我五歲時打扮成一個公主。

- dress up 盛裝打扮
  dress up as ~ 打扮成（某特定人物造型）
  get dressed 穿衣服
  dress code 服裝規定

- princess 公主
  prince 王子
  king 國王
  queen 皇后

261 be in trouble　身陷麻煩

> **He helped us when we were in trouble.**
> ▷當我們身陷麻煩時，他幫助了我們。

- be in trouble 身陷麻煩
  = get into trouble
  原句也可以表示為：
  He helped us when we got
  into trouble.

- troublemaker 麻煩製造者
  Bob has always been a
  troublemaker.（鮑伯一直是
  個麻煩製造者。）

262 so ~ that ~　　如此……以至於……

He looks so cool that I can't look at him.
▷他看起來如此酷，以至於我無法直視他。

所以我才說不能在活動會場集合。

可是，我們想體驗在現場等待的感覺嘛！

不過……

學長穿什麼都很好看吔！

這身打扮太適合他了！

我挑得真好！

哇！♡

學長太帥啦！

- so ＋形容詞＋ that
  such ＋名詞＋ that
  It is such a heavy box that no one can lift it.（這個箱子如此沉重，以至於沒人能抬起它。）

- look 也可作為名詞，表示「神情」。
  When his son got on the bus, I saw that he had a worried look on his face.（當他的兒子上公車時，我看到他面露擔憂的神情。）

學長帥得讓我無法直視！

你有在聽我說話嗎？

STEP 3

263 □ be popular among ~ 　　在……之間很受歡迎

> **Instagram is popular among young people.**
> ▷ Instagram (IG) 在年輕人之間很受歡迎。

・ popular 受歡迎的
 population 人口
 populate 居住

・ among 在……之間（多用於
 一群人或物之間）
 between 在……之間（多用
 於兩者之間）

・ 其他社群軟體的說法：
 Facebook 臉書
 Twitter 推特
 TikTok 抖音

264 go and ~　去（做某事）

Why don't we go and buy something to eat?
▷我們何不去買點東西吃？

人潮越來越多了。

人潮

如果混入人群裡，一定很快就會走散的。

洶湧

所以我們要一直待在原地嗎？

我們何不牽著手一起去買點東西吃呢？

假如事先訂好集合的地點，就算失散了也還是可以找到彼此。

好，就這麼辦吧！

大家互相把手牽好，不要輕易鬆開喔！

我們走吧！

• Why don't we ~? = Why not ~?
相關用法請參見第 77 頁。

• go and buy something to eat
去買點東西吃
go and get something to drink
去找點東西喝
go and do something fun
去做點好玩的事

STEP 3

265 for dinner　當晚餐

STEP 3

What do you want to eat for dinner?
▷你晚餐想吃什麼？

真好吃！

哇！

是萬聖節限定的甜甜圈，我要開動了！

好可愛！

現在吃了甜點，

那麼晚餐想吃什麼？

咔滋

我想吃萬聖節限定的漢堡！

咦？還有這種東西？

我也想吃那個！

啊！

使用烏魚墨汁製作而成的黑漢堡

那麼，我們就去吃那個吧！

太好了！

- for dinner 當晚餐
  for breakfast 當早餐
  for lunch 當午餐

- 「吃三餐」的動詞必須用 have，而非 eat，例如 have dinner（吃晚餐）。

❤266 Let me see.　讓我看看。

Let me see.

▷讓我看看。

- Let me see.
  = Let me have a look.
  = Let me check.
  皆有「要確認」的意思。

- see someone home 送某人回家
  Don't worry. He will see you home.
  （別擔心。他會送你回家。）

267 sound like ~ 聽起來像……

It sounds like a good idea.
▷這聽起來像是個好主意。

萬聖節限定漢堡
真是太美味了！

滿足

對了，

要不要吃可麗餅當飯後甜點呢？
這附近有一家很熱門的可麗餅店喔！

It sounds like a good idea.
(這聽起來像是個好主意。)

不過，瑪莉亞，
你的門禁時間要到了，
還是下次再去吧！

嗚嗚……

太好了！
那麼，我們就去買可麗……

- sound like ＋名詞，表示「聽起來像……」。
  sound ＋形容詞，表示「聽起來……」。
  相關用法請參見第 200 頁。

- sound 聲音
  voice 聲音（專指人聲）
  noise 噪音

❤268 in time 及時

I got home in time.
▷我及時到家。

20:50（門禁是 21:00）

那個，今天就先不管門禁吧……

不行。

怎麼這樣！

很好，超上時間了。

路易同學，謝謝你送瑪莉亞回家。

不客氣。

那麼，瑪莉亞，我們明天見。

嘎啦

路易同學居然及時把你送到家了，真是個好男孩啊！

而且長得又帥。

今天就不能暫時解除門禁嗎？

絕對不行！

我還想多玩一會呢！

・in time 及時
on time 準時
I arrived at the restaurant on time.
（我準時抵達餐廳。）

・關於時間的諺語：
Time flies.（光陰似箭。）
Time is money.（時間就是金錢。）

269 take off ~　脫掉

I took off my clothes.
▷我脫掉我的衣服。

唉！打破門禁……

錯過最後一班公車……

我想做的事情，根本就是妄想嘛！

嘆氣

這種妄想應該不過分吧？

……

害羞

不過，今年的萬聖節真是太有趣了！

脫

要是明年也可以四個人一起過節就好了。

……

但是明年似乎有點困難呢……

學長那時應該快要入學考了。

- take off 還有「（飛機）起飛」的意思。
  The flight to Busan will take off at 9:00 a.m.（飛往釜山的航班將於上午九點起飛。）

- clothes 衣服
  clothe 提供……衣服穿
  cloth 布料
  clothing store 服裝店
  clothing factory 成衣廠

270 stay up　熬夜

I stayed up late last night.
▷我昨晚熬夜到很晚。

學長，
早安！

早安。

你沒睡飽嗎？

打呵欠

哇！

我已經下定決心，
這次的英語期末
考要拿滿分！

信心

昨天玩得太開心了，
結果興奮得輾轉
難眠……

我想說反正睡不著，
就起來讀英語到凌晨。

真了不起。

- stay up late 熬夜
  burn the midnight oil 熬夜（僅能
  用在認真讀書或工作）

- late 晚的（可作為形容詞或副詞）
  lately 最近（副詞）
  有些單字的形容詞和副詞字形一
  樣，加了 ly 反而變成另一個意思，
  必須特別留意。

271 the other day 前幾天

I got 92 on my English test the other day.
▷我前幾天的英語考試得了 92 分。

其實，我前幾天的英語考試……

為什麼突然把目標訂得那麼高？

你之前，

不是還因為只考 72 分

而感到很難過嗎？

洋洋得意

天啊！

得了92分！

對於曾經考過 40 分的你來說，這的確是件值得驕傲的事呢！

（瑪莉亞上個學期末的模擬考成績為 40 分。）

學長就別再提那種丟臉的往事啦！

- the other day 前幾天
  = a few days ago
  原句也可以表示為：
  I got 92 on my English test a few days ago.

- the other night 前幾天晚上
  I had dinner with my friends the other night.（我前幾天晚上和朋友們吃了晚餐。）

272 of all 在所有之中

I like English the best of all my subjects.
▷在所有學科之中，我最喜歡英語。

一直以來，

英語都是我最差又最討厭的科目。

可是現在，

託學長的福，在所有學科之中，我最喜歡英語了。

太好了。

那麼，等你成功拿滿分時，我會準備獎賞給你。

真的嗎？

我要加油！

- 其他科目的說法：
  Chinese 國文
  math 數學
  social studies 社會
  science 自然

- of all 常用於含有「最高級」的句子。

282

273 have a headache　頭痛

He has a headache, so he will be absent from school.
▷他頭痛，所以他不去學校了。

天啊！居然睡過頭了！

為了得到學長的獎勵，昨天用功到太晚了。

咦？時間不是還來得及嗎？

現在才7點25分。

我想在出門前整理一下頭髮！

好，別忘了要吃早餐。

好啦！

路易學長

我今天頭痛，所以不去學校了。

什麼？

叮咚

新訊息

路易學長

- have a ＋症狀，表示「出現某種不適感」。
  have a headache 頭痛
  have a sore throat 喉嚨痛
  have a fever 發燒
  have a toothache 牙痛
  have a stomachache 肚子痛

- absent 缺席的
  present 出席的

274 write to ~　寫給……

I wrote to him in English.
▷我用英語寫（卡片）給他。

你說學長今天請假？

嗯！

他說只有輕微頭痛，幸好沒有發燒。

咦？你在寫什麼？

我打算今天放學後買點東西去探望學長，所以順便寫張卡片鼓勵他。

對啊！我之前也是用英語寫卡片給學長。

你用英語寫嗎？

咦？

這裡指的是路易的生日卡片

那時候我的英語很差，所以有很多錯字。這次我想讓他看到我已經進步很多了！

太厲害了！

・注意動詞過去式：
write – wrote

・write a letter 寫信
write a card 寫卡片
write an email 寫電子郵件

・特殊例子：
do homework 寫功課
keep a diary 寫日記

275 I hope so. 　但願如此。

I hope so.
▷但願如此。

・「為了鼓勵他人而附和」的其他說法：
Hopefully.（希望是。）
I'd like to think that.（我想會吧！）
No news is good news.（沒有消息就是好消息。）

・這句話的反義為 I hope not.（但願不是）。

276 Which do you like better, A or B? A和B，你較喜歡哪一個？

Which do you like better, jelly or pudding?
▷果凍和布丁，你比較喜歡哪一個？

我喜歡布丁。

跟我一樣！♡

果凍和布丁，你比較喜歡哪一個？

學長！

這次換我問你了！

我也兩種都買了，我放在這裡喔！

咦？

鏘

你不餵我吃嗎？

什麼？

撲通 撲通

- which 哪個（用於回答的選項有指定時）
  Which pen is mine, this one or that one?（哪一支筆是我的？這支還是那支？）

- what 什麼（用於回答的選項沒有限制時）
  What's your favorite color?（你最喜歡的顏色是什麼？）

♥ 277 all the time　總是

My mother forgets to knock on the door all the time.
▷我母親總是忘記敲門。

・forget ＋ to 動詞，表示「忘記去做某事」。

・forget ＋動詞 ing，表示「忘記已經做過某事」。
I forgot calling my mother and called her again.（我忘記自己打過電話給母親，又打了一次。）

278 take a message 留言

Can I take a message?
▷ 要我替你留言嗎？

鬆一口氣

餵學長吃布丁的畫面，差點就被他媽媽看見了。

撲通　撲通

啊！剛才太慌張，都忘了告訴學長關於卡片的事。

晚點再打給他吧！

咦？

Hi! Maria!
It's Rui's dad!
（嗨！瑪莉亞！
我是路易的爸爸！）

學長的爸爸？

鈴鈴鈴鈴鈴

現在打電話給學長，還是會有點緊張呢！

撲通
撲通

• take a message 留言（用於接聽電話的那方，表示替人轉達訊息）

• leave a message 留言（用於打電話的那方，表示留話給別人）
May I leave a message with Mr. Brown?（我可以留話給伯朗先生嗎？）

這個嘛……

Rui is taking a bath now.
（路易正在洗澡。）

Can I take a message?
（要我替你留言嗎？）

STEP 3

279 Hold on, please. （電話裡）請等一下。

Hold on, please.
▷請等一下。

Hold on, please.
（請等一下。）

要和他父親溝通，就得先準備電子辭典。

還有紙和筆……

瑪莉亞？

！

學長？

哈哈哈！

我嚇了一大跳呢！

抱歉，我剛才在洗澡。我爸不應該擅自幫我接電話的……

- 「電話上請對方等一下」的其他說法：
Hang on, please.
Please hold on.
Can you hold the line?

- 非通話中的情況可以這樣說：
One moment, please.
Just a moment, please.

❤280 leave a message　留言

Please leave a message on my phone.
▷請在我的手機上留言。

- leave a message 留言
  send a message 傳訊息
  delete a message 刪除訊息

- on the phone 在電話上
  on the internet 在網路上
  on the computer 在電腦上

281 ☐ take ~ for a walk　帶……去散步

I want to take her for a walk again.
▷我想再帶牠去散步。

・take the dog for a walk
= walk the dog
相關用法請參見第 240 頁。

・go for a walk 散步
He likes to go for a walk with
his grandpa after work.（他喜
歡下班後和爺爺一起散步。）

282 take a walk　散步

I was eating a baked sweet potato while I was taking a walk.
▷我散步的時候正在吃烤番薯。

她說你兩隻手拿著烤番薯，津津有味的吃著，而且臉頰塞得鼓鼓的。

啊！

對了，說到散步，昨天我媽帶瑪琳去散步時，看到你了喔！

咦？

而且我也很想看。

我媽說你的樣子很可愛啊！

媽媽看到啦！

怎麼會剛好被你媽媽看到啦！好丟臉！

我讀書累了去散步的時候，剛好聞到烤番薯的味道……

所以就買了兩個

我媽本來想出聲叫你，可是她那時候忙著處理瑪琳的排泄物。

- sweet potato 番薯
  potato 馬鈴薯
  taro 芋頭

- while 當……時（用於有延續性的動作或情境）
  when 當……時（大多用於瞬間、短暫的動作）
  Ann was taking a bath when the phone rang.（電話響的時候，安正在洗澡。）

STEP 3

283 I'm sure that ~. 我確定……

I'm sure that I got a perfect score on my English test.
▷我確定我在英語考試中拿到了滿分。

瑪莉亞，
你的英語考得如何？

你說過目標是滿分。

我寫得很順利！

期末考當天

噹噹噹

除非不小心填錯答案，

否則我很確定可以拿到滿分！

哇！

看來你很期待學長的獎賞嘛！

之前的獎勵是夏日祭典約會

！

沒錯，所以拜託一定要讓我拿滿分啊！

我真的超級努力讀書的！

連我都想替你祈禱了……

- I'm sure that ~. 我確定……
  I'm not sure if ~. 我不確定……
  I'm not sure if I turned off the lights before I went out.（我不確定我出門前是否關了燈。）
  否定句的 if 也可以用 that 代替。

- score 也可作為動詞，表示「得分」。
  He finally scored a goal.（他終於進球得分了。）

284 have a hard time 好不容易

I had a hard time getting a perfect score on my English test.
▷我好不容易才在英語考試中拿到滿分。

- have a hard time = have difficulty = have problems = have trouble，後面皆加動詞 ing。

- a perfect score 優異的分數（常指滿分）
  a high score 高分
  a low score 低分
  an average score 平均分數

285 during one's stay in ~ 待在（某處）期間

I studied French during my stay in France.
▷我待在法國的期間學習了法語。

- 此處的 stay 為名詞，表示「停留期間」。
- homestay 寄宿家庭（遊客或留學生向當地家庭租用房間，藉此體驗道地的生活方式，以及增進語言能力。）

❤ 286 belong to ~　屬於、是……的成員

I belonged to a basketball club in France.
▷我是法國一個籃球俱樂部的成員。

• belong 屬於
belongings 隨身物品
Don't forget your personal belongings. （不要忘記您的個人隨身物品。）

• basketball club 籃球社
film club 電影社
guitar club 吉他社
table tennis club 桌球社

287 either A or B　A 或 B

Please choose either my right hand or my left hand.
▷請選擇我的右手或我的左手。

那麼，來給你約定好的獎賞吧！

！

現在？

緊張

你要選擇左手，還是右手？

伸出

咦？

這個嘛……

左手！

張開

真可惜。

唉呀！

震驚

・choose 選擇
= pick
原句也可以表示為：
Please pick either my right hand
or my left hand.

・right hand 右手
left hand 左手
right foot 右腳
left foot 左腳

288 How often ~? 多久一次？

How often do you go to the amusement park?
▷你多久去一次遊樂園？

・回答此問句的說法：
once a week 一週一次
twice a month 一個月兩次
three times a year 一年三次
every two months 每兩個月一次
every four years 每四年一次

STEP 3

289 be impressed with ~   對……印象深刻

I was impressed with the castle at the amusement park.
▷我對遊樂園裡的城堡印象深刻。

其實……這個遊樂園我只去過一次而已。

這樣啊！

而且是小時候和家人一起去的。

不過，我對那裡的城堡印象很深刻。

當時還想著下次一定要和我的王子一起來。

結果居然可以和學長一起去。

真是太高興了！

- impress ~ with ~ 以某事讓某人印象深刻
  She impressed us with her beautiful singing.（她美妙的歌聲令我們印象深刻。）

- make an impression on ~ 給某人留下……的印象
  Please, try to make a good impression on my parents.（請努力給我的父母留下好印象。）

290 I mean ~. 我的意思是……

I mean, let me celebrate your birthday.
▷我的意思是，讓我為你慶祝生日。

那麼，我的公主，

平安夜？

去遊樂園嗎？

你平安夜願意和我一起

！

你怎麼知道我的生日？

我偷偷問小咪的。

我沒跟你說過啊！

I mean, let me celebrate your birthday.
（我的意思是，讓我為你慶祝生日。）

！

- I mean ~. = All I'm saying is ~.
  = What I'm trying to say is ~.

- 詢問別人「是否聽懂自己說的話」可以說：
  Do you know what I mean? 或
  Do you know what I'm saying?
  盡量別說 Do you understand?，
  因為這句話帶有上對下的口氣。

291 be ready to ~　準備好（做某事）

I am ready to go out now.
▷現在我準備好出門了。

平安夜當天

撲通
撲通
坐立
不安

讓我為你慶祝生日。

打呵欠

反正也睡不著。

因為我想早點起床準備今天的約會。

現在才6點吧！

瑪莉亞，你已經起床了？

- be ready to ＋原形動詞，表示「準備好做某事」。

- be ready for ＋名詞，表示「為某事準備好」。
  She is ready for the exam.（她為考試做好準備了。）

- 詢問別人「準備好了嗎？」可以說：
  Are you ready？

292 show ~ around 帶（某人）參觀

I'll show you around the amusement park.

▷我會帶你參觀遊樂園。

- show 也可作為名詞，表示「節目、展覽」。
  a television show 電視節目
  a fashion show 時裝展

- 幾個知名遊樂園的說法：
  Disneyland 迪士尼樂園
  Universal Studios 環球影城
  Everland 愛寶樂園
  Lotte World 樂天世界

STEP 3

293 be covered with ~　　被……覆蓋

The sky was covered with clouds.
▷天空被烏雲覆蓋。

進去後馬上就能看到那座城堡，我想在那裡拍照。

天啊！天空的雲怎麼那麼厚！

烏雲密布

我本來想要拍一張以城堡為背景的照片吧！

失望

不過，聽說今天會下雪吔！城堡搭配雪景不是很浪漫嗎？

下次天氣好時，再來拍一次吧！

說的也是！

白色平安夜！

單純

- 注意動詞過去式：
  is – was

- 其他天氣自然現象的說法：
  rain 雨
  rainbow 彩虹
  thunder 雷
  lightning 閃電

294 try on ~　試穿（戴）

I tried on a headband.
▷我試戴了髮箍。

那個，我想試戴看看那種髮箍。

我也想看看。

好啊！

太好了！

兩種都試試看吧！

嗯……要選哪個好呢？

卡通造型

小禮帽造型

· 若物品改用代名詞表示，就必須放在 try 和 on 中間，所以這句話也可以用 I tried it on. 來表示。

· 其他髮飾的說法：
hair clip 髮夾
claw clip 鯊魚夾
rubber band 橡皮筋
hair tie 髮圈

非常可愛喔！

！

那就買這個！

戴上

這個如何？

295 a cup of ~ 一杯

I want to have a cup of tea.
▷我想喝一杯茶。

那個，我想去一家餐廳。

餐廳？

接下來要去哪裡？

飲料是裝在紙杯裡，所以不會弄髒馬克杯。

Merry Christmas

↑可以帶回家。

他們有推出聖誕節限定餐點。

只要點一杯紅茶，就可以把馬克杯帶回家。

我想特別留作紀念！

沒錯。

- a cup of 一杯（咖啡杯）
  a glass of 一杯（玻璃杯）
  a bowl of 一碗
  a plate of 一盤
  a spoon of 一匙
  a bottle of 一瓶
  two cups of 兩杯
  three glasses of 三杯

哇！原來還有這種事。

那麼，我們順便在那裡吃飯吧！

好！

296 take away ~ 拿走

She took away the dishes.
▷她拿走了餐盤。

把馬克杯用布包起來。

手腳俐落

服務生，請幫我們收拾餐盤。

好的。

我吃飽了！

點頭致意

祝你生日快樂。

瑪莉亞，

- take away 拿走
  bring 帶來
  I brought her a gift from my trip to Tokyo.（我帶了我去東京旅遊時買的禮物給她。）

- takeaway 外賣食物（＝ takeout）
  We ordered takeaway for dinner.（我們點了外賣當晚餐。）

How do you like ~? 你覺得……如何？

STEP 3

297

How do you like the necklace?
▷你覺得這條項鍊如何？

你覺得這條項鍊

如何？

有符合你的喜好嗎？

· How do you like ~?
  你覺得……如何？
  = What do you think of ~?
  原句也可以表示為：
  What do you think of the
  necklace?

· 其他飾品的說法：
  earrings 耳環（一對，用複數）
  bracelet 手環
  ring 戒指

這條項鍊實在太美了！

我很喜歡！

太好了。

💙298 thousands of ~　數千個

Thousands of lights turned on.
▷數千盞燈亮了起來。

哇！下雪了！

時間還真是剛好呢！

？

你看，燈飾全都被點亮了。

啪

好美喔！

- thousand 千
  ten thousand 萬
  one hundred thousand 十萬
  million 百萬
  ten million 千萬
  one hundred million 億
  billion 十億

- turn on 開啟
  turn off 關閉

299 ♥ for some time　一段時間

We looked at the Christmas lights for some time.
▷我們望著聖誕燈飾一段時間。

· for some time 一段時間
= for a while
原句也可以表示為：
We looked at the Christmas
lights for a while.

· 其他節日的說法：
Lunar New Year 農曆新年
Dragon Boat Festival 端午節
Mid - Autumn Festival 中秋節

300 get home　到家

I got home at eleven at night.
▷我晚上 11 點到家。

- at ＋準確的時刻
  at ten o'clock

- in ＋一段時間（月分、季節等）
  in January
  in summer

- on ＋特定日期
  on July 4

310

附 錄：300 則片語背誦表

a		
a cup of ~	一杯	305
a few ~	一些	64
a kind of ~	一種	157
a little	一點	42
a long time ago	很久以前	172
a lot	許多	24
a lot of ~	許多	6
a member of ~	……的一員	94
a piece of ~	一張（片、塊）	165
after a while	過了一會兒	230
after school	放學後	41
again and again	反覆	234
agree with ~	同意	185
all day	一整天	183
all of ~	所有的	83
all over ~	到處	93
All right.	好。	59
all the time	總是	287
~ and so on	……等	149
around the world	全世界	78
arrive at ~ / arrive in ~	抵達	105
as ~ as ~	和……一樣……	63
as soon as ~	立刻	112
A as well as B	A 和 B	236
ask ~ to ~	要求……做……	129
at first	起初	121
at home	在家	30
at last	終於	179
at night	在夜晚	86
at school	在學校	49
at that time	當時	113
at the age of ~	……歲時	270
at the end of ~	在……的最後	224
at the same time	同時	214
away from ~	離……遠	246
b		
be able to ~	能夠	43
be afraid of ~	害怕	175

be born	出生	85
be covered with ~	被……覆蓋	303
be different from ~	與……不同	177
be famous for ~	以……聞名	145
be full of ~	充滿	251
be glad to ~	很高興	79
be going to ~	將要……	7
be good at ~	擅長	103
be happy to ~	樂於……	38
be impressed with ~	對……印象深刻	299
be in trouble	身陷麻煩	271
be interested in ~	對……感興趣	16
be kind to ~	對……很好	141
be made of ~	以……做成的	233
be over	結束	250
be popular among ~	在……之間很受歡迎	273
be proud of ~	為……感到驕傲	223
be ready to ~	準備好（做某事）	301
be surprised to ~	對……感到驚訝	109
because of ~	因為	158
begin to ~ / begin ~ing	開始（做某事）	100
belong to ~	屬於、是……的成員	296
between A and B	在 A 與 B 之間	128
both A and B	A 和 B 兩者都要	151
both of ~	兩個都	248
by ~	搭乘（某種交通工具）	169
by oneself	獨自	217
by the way	順帶一提	114
C		
call ~ back	回（某人）電話	267
Can I ~?	我可以……嗎？	22
Can you ~?	你可以……嗎？	44
come and ~	來（做某事）	133
come back to ~	回到……	57
come from ~	來自……	69
come in	進入	173
Come on.	加油。	241
come out of ~	從（某處）出來	220
come to ~	來到……	9
come true	成真	168
communicate with ~	和……溝通	218

go away	離開	221
go back to ~	回去	76
go down ~	走下	167
go home	回家	82
go into ~	進入	142
go out	出去	104
go to bed	上床睡覺	74
go to school	上學	68
go up to ~	走向……	194
Good luck.	祝你好運。	228
graduate from ~	從……畢業	252
grow up	長大	213
h		
half of ~	一半	268
have a chance to ~	有機會（做某事）	170
have a cold	感冒	205
have a good time	度過愉快的時光	88
have a hard time	好不容易	294
have a headache	頭痛	283
have a party	舉行派對	166
have been to ~	曾經去過	186
have fun	玩得很開心	203
have to ~	必須	34
hear about ~	聽到關於……	152
help ~ with ~	幫忙…… 做……	174
Here you are. / Here it is.	給你。	110
Hold on, please.	（電話裡）請等一下。	289
How about ~?	如何？	11
How do you like ~?	你覺得……如何？	307
How long ~?	多久？	40
How many ~?	幾個？	45
How much ~?	多少錢？	89
How often ~?	多久一次？	298
How old ~?	幾歲？	237
how to ~	如何……	20
i		
I hear that ~.	我聽說……	102
I hope so.	但願如此。	285
I hope that ~.	我希望……	99
I mean ~.	我的意思是……	300
I see.	我明白了。	17

I think so, too.	我也這麼認為。	184
I think that ~.	我認為……	95
I'd like to ~. = I would like to ~.	我想要……	50
I'd like ~.	我想要……	98
I'm afraid that ~.	恐怕……	201
I'm sure that ~.	我確定……	293
in fact	事實上	159
in front of ~	在……面前	70
in the future	在未來	48
in the morning	在早上	26
in this way	用這種方式	256
in time	及時	278
It is ~ to ~.	（做某事）是……的。	96
It says that ~.	據說……	208

k		
keep ~ing	繼續（做某事）	135

l		
last year	去年	60
learn about ~	學到關於……	25
learn to ~	學會	257
leave a message	留言	290
Let me see.	讓我看看。	276
like A better than B	喜歡 A 勝過 B	206
like to ~ / like ~ing	喜歡（做某事）	131
like ~ (the) best	最喜歡……	140
listen to ~	聆聽	21
live in ~	住在……	18
long ago	很久以前	260
look around ~	環顧四周	264
look at ~	朝……看、注視	8
look for ~	尋找	39
look forward to ~	期待	147
look like ~	看起來像……	122
look up	仰望	229

m		
make a mistake	犯錯	215
make a speech	發表演說	222
many kinds of ~	許多種	72
many times	許多次	117
May I help you?	我可以幫您嗎？	144
May I speak to ~?	（電話裡）我可以和（某人）通話嗎？	195

sit down	坐下	154
sit on ~	坐在……之上	207
smile at ~	對……微笑	232
so ~ that ~	如此……以至於……	272
someday	（未來）某天、有朝一日	202
some of ~	其中	51
soon after ~	不久之後	226
sound like ~	聽起來像……	277
Sounds good.	聽起來不錯。	200
speak to ~	和……說話	150
stand up	起身	127
start to ~ / start ~ing	開始（做某事）	148
stay at ~ / stay in ~	待在……	33
stay up	熬夜	280
stay with ~	和……待在一起、暫住	136
stop ~ing	停止（做某事）	123
such as ~	例如	238
t		
take ~ for a walk	帶……去散步	291
take ~ to ~	帶……去……	28
take a bath	洗澡	198
take a message	留言	288
take a picture	拍照	130
take a walk	散步	292
take away ~	拿走	306
take care of ~	照顧	65
take off ~	脫掉	279
take out ~	拿出	261
take part in ~	參加	245
talk about ~	談論	12
talk to ~	和……說話	58
talk with ~	和……說話	14
tell ~ to ~	告訴（某人）去（做某事）	196
~ than before	比以前更……	227
Thank you for ~.	謝謝你……	54
thanks to ~	多虧……	106
That's right.	沒錯。	120
the next day	隔天	92
the number of ~	……的數量	137
the other day	前幾天	281
the way to ~	前往……的路	134

英語學習

令人怦然心動的看漫畫學英文片語300
從浪漫愛情故事，激發學習熱情，提升英語理解力！

監修：大岩秀樹（日本東進升學補習班英語講師）　漫畫：惠蘋果　翻譯：林劭貞
增編：陳慧伶　審訂：大衛・莫里森（David Morrison）

總編輯：鄭如瑤｜主編：陳玉娥｜編輯：張雅惠｜美術編輯：張芸荃｜行銷副理：塗幸儀｜行銷助理：龔乙桐

出版與發行：小熊出版・遠足文化事業股份有限公司
地址：231 新北市新店區民權路 108-3 號 6 樓｜電話：02-22181417｜傳真：02-86672166
劃撥帳號：19504465｜戶名：遠足文化事業股份有限公司
Facebook：小熊出版｜E-mail：littlebear@bookrep.com.tw

讀書共和國出版集團
社長：郭重興｜發行人兼出版總監：曾大福
業務平臺總經理：李雪麗｜業務平臺副總經理：李復民
實體通路暨直營網路書店組｜林詩富、陳志峰、郭文弘、賴佩瑜、王文賓
海外暨博客來組｜張鑫峰、林裴瑤、范光杰
特販組｜陳綺瑩、郭文龍
印務部｜江域平、黃禮賢、李孟儒
讀書共和國出版集團網路書店：www.bookrep.com.tw
客服專線：0800-221029｜客服信箱：service@bookrep.com.tw
團體訂購請洽業務部：02-22181417 分機 1124

法律顧問：華洋法律事務所／蘇文生律師
印製：沈氏藝術印刷股份有限公司
初版一刷：2022 年 10 月｜定價：420 元｜ISBN：978-626-7140-91-8（紙本書）
書號 0BEL0004　　　　　　　　978-626-7140-93-2（EPUB）
　　　　　　　　　　　　　　978-626-7140-92-5（PDF）

特別聲明　有關本書中的言論內容，不代表本公司／出版集團之立場與意見，文責由作者自行承擔

MUNEKYUN DE OBOERU CHUGAKU EIJUKUGO 300
by E RiNGO, and Hideki OOIWA
© 2020 E RiNGO, Hideki OOiwa All rights reserved.
Original Japanese edition published by SHOGAKUKAN.
Traditional Chinese (in complex characters) translation rights in Taiwan
arranged with SHOGAKUKAN through Bardon-Chinese Media Agency.

國家圖書館出版品預行編目 (CIP) 資料

令人怦然心動的看漫畫學英文片語 300：從浪漫
愛情故事，激發學習熱情，提升英語理解力！／大
岩秀樹監修；惠蘋果漫畫；林劭貞翻譯 . -- 初版 .
-- 新北市：小熊出版：遠足文化事業股份有限公
司發行，2022.10
320 面；18.2×25.7 公分 . -- (英語學習)
ISBN 978-626-7140-91-8 (平裝)

1.CST: 英語　2.CST: 慣用語　3.CST: 漫畫
805.123　　　　　　　　　111014925

小熊出版官方網頁　　小熊出版讀者回函